Gustavo Escanlar
Estokolmo

La Pereza Ediciones

Diseño de la colección
Estudio Sagahón/Leonel Sagahon
www.sagahon.com

ESTOKOLMO
Gustavo Escanlar

I. Chilanga Banda

Ya lo dijo dios a los primeros habitantes de este planeta:
No coman de esa fruta, les traerá problemas.

Charly García

1

No, no soy el pibe de los mandados. Tampoco soy, ni ahí, el delivery boy de McDonald's. (¿Viste que en McDonald's todo parece peor? ¿Desde la cajera y su sonrisa de salario mínimo hasta la familia treinta-y-pico con hijos, pasando por la cajita feliz? Un día de estos estaría bueno asaltar un McDonald's. (Le voy a decir al Seba a ver qué le parece.) Bueno, no. No soy el delivery boy. Lo que pasa es que esta noche hay golpe y tengo que salir. Salir a comprar. Es así: primero paso por lo del padre del Tano (un fenómeno el veterano, uno de los Superhéroes del barrio, que en los años 40 se vino de Italia y nunca aprendió a hablar español, pero sí supo calzar a medio Montevideo y ahora apenas vive con su oficio en decadencia) y le pido un poco de pegamento para el Chole. Después voy a lo del Píldora y compro dos gramos para mí. Vamos a hablar del partido, de Francescoli, de Argentina, de Maradona. No más de dos minutos en cada lugar. Agarro las cosas y las llevo a la pensión de la abuela del Pato.

Ahí me va a estar esperando el Chole tirado en la cama, haciendo zapping, como siempre. Desde que le pusieron el cable está en esa: fashion network para verles las tetas a las minas, MTV, sobre todo para ver Headbangers y algún video de Aerosmith, ESPN y pará de contar. Es rarísimo el Chole: se recuelga si en la ESPN pasan golf, y se aburre si justo están pasando la NBA o fútbol americano. El hockey, eso sí, no se lo pierde. De MTV odia a Beavis and Butthead y dice que no entiende Oddities. Quiere matar al puto de Real World, que creo que ya está muerto. Le doy el cemento al Chole, me armo un par de líneas y enseguida llega el Seba. Es así: siempre tengo todo previsto.

Lo único que no sé cómo va a ser es el asalto: el Seba prepara todo y solo él sabe dónde, a qué hora, a quién y cómo. Nos llama la noche antes de los golpes, nos avisa «mañana a las seis paso por ahí» y a las seis llega reduro. Al otro día reduce con el Paco, en el boliche, y reparte. Siempre es igual.

2

Ahí estoy yo entrando a la zapatería. Ahí estoy reci-
tando mi parte de la historia. El lugar: ustedes lo conocen.
Cualquier zapatería de barrio. Olor a pomada y a cemento. Zapatos viejos, casi todos marrones. Algún In-
calcuer de los años 60, de esos que usábamos para ir a la
escuela y nos duraban todo el año, por más pelotas que
pateáramos y chuecos que fuéramos. Hay un champión
Pampero sin pareja, que en la fábrica era blanco pero acá
está gris, lleno de polvo. Hay un muñeco del Topo Gig-
gio, una figurita del Mercenario Joe, un banderín de Peñarol y otro de Sportivo Italiano de antes de la fusión con
El Tanque. Calculá, debe tener más años que yo ese banderín. En la pared, como si fuera un taller mecánico,
canta los días el almanaque con una mina con unos pe-
chos enormes. «Glasurit —dice la inscripción— los más
grandes del mundo.»

Saludo futbolero, el tema de la semana.

—Y, Giuseppe, ¿ganamos el domingo? —pregunto,
previsible.

—Si juega el Enzo ganamos. Si no, nos pasan por arriba
—previsible, contesta.

—Siempre defendiendo a los italianos usted, ¿eh? ¿A
quién le ganó Francescoli? Ese juega bien solo cuando
juega en River... Y jugando en River, si el partido es importante, igual se caga... ¿Qué hizo en la final con el Ju-
ventus? ¡Se borró, Giuseppe, se borró! ¿Cuándo jugó bien
contra Boca? ¡Nunca!

—Es un fenómeno… Un maestro es… Lo que pasa que nosotros no le damos bola a lo que tenemos… Si fuera argentino más propaganda que Maradona tendría… No sería Príncipe… sería Rey, nene.

—No me hable mal de Maradona que por lo menos ganó un mundial él solo… Y además, si el Napoli alguna vez salió campeón de algo fue gracias a él… No me ensucie al Diego.

—Me puse a cantar bajito y dale alegría alegría a mi corazón mirando al cielo, a la tribuna imaginaria que alentaba: Maradó, Maradó.

—Dejame de joder con ese drogadicto… Nunca me voy a olvidar de cómo se cagó con Gentile en el mundial… El Tano, hincha del Milan, no soportaba que le hablaran bien de Maradona.

—Bueno, Giuseppe, estoy medio apurado… ¿Tiene aquello?

—Tomá… Y dale suave, ¿eh?

—Si no es para mí, Giuseppe… Es para el Chole.

—Ese es un animal…

—Sí, está rezarpado… Bueno, después arreglo con su hijo, ¿eh? Gracias.

¿Qué me iba a cobrar el Tano por un poco de pegamento? Una birra, alguna pizza. Algo de lo que robáramos.

3

Segundo acto. El Píldora tiene quince años y vive con el abuelo en una florería. El padre y el hermano están en cana, en la cárcel de Santiago Vázquez. Mientras ellos están adentro, el Píldora les administra el negocio. La merca que vende no es buena, es mucho mejor el fumo. Pero como es menor la cana no lo jode y es un lugar seguro para comprar. El Seba consigue en el Joker, el boliche de la calle Minas que atiende la Alemana. Yo prefiero comprarle al Píldora porque el Joker está lleno de narcos: el Negro Marquitos, el Jugolín, todos paran ahí. Si un día te agarran sin guita para darles son capaces de mandarte en cana, como al viejo del Píldora, que no quiso arreglar por diez lucas y se la comió doblada. No lo salvó ni Della Valle, el abogado de los drogos y los políticos. Con el Píldora, como no podía ser de otra manera, hablamos siempre de lo mismo: droga y fútbol.

—¿Dos, no? —me preguntó por preguntarme algo, si ya habíamos arreglado por teléfono que eran dos.

—Sí. ¿Cuánto? —Yo también le pregunté para que no pasara un ángel, para que no hubiera silencios, ya sabía que eran dos cuarenta. Es como si no pudiéramos existir con sobreentendidos.

—Dos cuarenta.

Qué bolsita de mierda que me pasó el sorete. Poca, cara y cortada. Soy un gil, tengo que protestarle, aunque sé que no voy a lograr nada.

—Cada vez más escasiani, hijo de puta.

—Viene bien, mamá… Está bárbara… Probala que está sin cortar, vas a ver.

Siempre le digo lo mismo, siempre me dice lo mismo. Antes de irme, el turno del fútbol.

—¿Vas al estadio el domingo?

—Más bien.

—¿A la Ámsterdam?

—A la Ámsterdam.

—Va a estar salado.

—Los milicos van a estar salados. Andá limpio, viejita, ¿eh?

—Sí, capaz que ni voy, lo veo por TVC en la casa del Seba.

—Si vas al estadio cuidate, mamá.

Ya sabíamos que en el estadio nos teníamos que cuidar. Una vez, en el entretiempo de un clásico, fuimos a servirnos al baño —un olor a mierda y meo imponente, no se lo recomiendo a nadie, ni siquiera a un hincha de Basáñez— y, en el preciso momento en que estábamos aspirando, un narco nos agarró del codo y nos quiso llevar. Menos mal que justo en ese momento salía Peñarol —que ya iba ganando dos a cero— y, mientras la gente gritaba, pudimos zafarnos y salir corriendo. El narco se ve que tenía más ganas de mear que de agarrarnos y no nos corrió, que si no perdíamos ahí. Por eso, a partir de ese momento, al estadio siempre limpios. Y si queríamos algo en algún momento, bajábamos y le pedíamos a alguno de la pesada que nos transaba los pelpa debajo de la bandera.

4

SUPERHÉROES DEL BARRIO

(Algunos van a aparecer en la historia y otros no. Es como todo.)

BRIGITTE *(ella se llama así por la Bardot). Chuponeaba con todo el barrio, pero realmente los quería a los atorrantes; al loco Brea, al Juan Mancuso, al Fabio. Nadie la entendía, y la fama de puta le quedó para toda la vida. Sigue viviendo en el barrio, tiene treinta y cuatro y no se casó con nadie. Los padres se murieron, y vive sola con dos perros y tres gatos. Su destino no fue muy diferente al de la Brigitte auténtica, la francesa.*

LITO. *Llegó un momento de la vida en que se dio cuenta de que no servía para nada. No le daba la cabeza para estudiar ni el cuerpo para ser profesor de educación física (él y Dios saben que lo intentó, pero era muy petiso, y engordaba con más facilidad que la que tenía para nadar). El día que murió la madre agarró el diario de los domingos, el libro de los clasificados y consiguió un laburo en MasterCard. Sabe que lo van a pisotear y le van a gritar toda la vida, pero está decidido a bancársela. Sabe, también, que no puede hacer otra cosa.*

POCHITO. *De pibe era gordito y muy amanerado, y todas las viejas decían que de grande iba a ser puto. Como los padres eran divorciados, la abuela lo crio como una nena. A los doce se puso a hacer fierros en L'Avenir y a los quince tenía un físico que calentaba a las mismas viejas que lo trataban de trolo. Se levantó a una, la que tenía más guita del barrio, y vivió con ella* tres años, hasta que se murió. Hoy es un señor, tiene una casa y le dice a quien quiera escucharlo: «Sí, soy puto, pero donde yo puse el culo vos no ponés la cara». Nadie sabe qué mierda quiere decir con esa frase, pero no hay dudas de que diciéndola logra el efecto que quiere: que no lo jodan, que lo dejen levantar chongos tranquilo.

ROSSANA. De chica era flor de tipa, pero el día que el padre ganó un vagón de guita a la quiniela no saludó más a nadie. A los trece, catorce años se le metió en la cabeza que quería ser modelo. No comía nada, y si comía algo lo vomitaba al toque. Un día Brigitte me batió que tenía anorexia. Las pilchas, paradójicamente, las compraba en Chocolate o Vitamina. A los dieciséis, saliendo del Motelito de Carrasco con un pibe que también era modelo, chocó en el auto y le quedó toda la cara tajeada. No salió más a la calle.

EL BOLA LÓPEZ. Practicaba boxeo en el Palermo Boxing Club. Un día lo pusieron en una pelea profesional, por cincuenta dólares, con un argentino que lo hizo mierda y lo dejó bobo.

EL PADRE DE JULIO. Cuando Julio perdió por la falopa, el padre le dijo: «No estoy de acuerdo con nada de lo que hacés, pero sos mi hijo y te voy a defender». Puso las cuatro lucas que Julio había currado en el laburo y las diez para que Della Valle lo sacara y le perdonó todo. A los dos meses le consiguió otro laburo, Julio la cagó de nuevo y el viejo lo volvió a perdonar.

EL ESPOSO DE CRISTINA, LA PELUQUERA. Él no sabía que todos los pibes del barrio habían debutado con Cristina, *de tardecita y en su propio auto, un Lada, en la rambla, frente a las rocas de Ejido. No sabía que todas las vecinas se reían de él a sus espaldas y lo trataban de cornudo. Pero un día se enteró por la vieja de la mercería, terrible ortiba. Y no hizo ninguna escena, volvió a la peluquería y besó a Cristina como siempre. Pero fue a una macumbera y le pidió que le hicieran un trabajo a la adúltera. Un día que Cristina fue con el Chole al besódromo, se dio cuenta de que esa gallina forrada por el suplemento cultural de El País venía para ella. Y le vino terrible cáncer de útero. La cagaron a radiaciones, no pudo coger más, se lo terminaron sacando y él, el santo y el verdugo, la cuidó como si no supiera nada. Recién se lo dijo el día que se murió, y ahora, cuando pasea por el barrio, cuando levanta la cortina de la peluquería atendida por su nueva esposa, una rubia que nunca lo corneó y que está divina, nadie se atreve a reírsele en la espalda. Nunca se sabe. Dicen que guarda el útero de Cristina en un frasco con formol.*

EL RONCO. Una sopa de hongos lo dio vuelta. Mató al perro y a la abuela y nunca más volvió. Está internado en el Vilardebó, pero nunca lo visitamos. Dicen que fue uno de los que armaron el motín.

EL HUEVO DE PASCUA. Fue el que empezó a trabajar primero, de mandadero en la farmacia. Cuando cumplió quince Tito, el farmacéutico, lo echó, y contrató a uno que supiera leer. El Huevo de Pascua es negro, y tiene la cabeza ovalada como un huevo y llena de matas. Se dedicó a pedir guita y a reventársela en la timba. Un día dio vuelta la ruleta del Parque Hotel y se paró para toda la vida. Terminó comprando la farmacia y

*echando al Tito. Nunca aprendió a leer y, cuando te cuenta la
historia, te la termina diciendo «si supiera leer todavía estaría
de mandadero».*

EL CACO. *Le gusta más estar en cana que andar suelto.
Anotate el nombre, porque si perdés, el tipo te va a defender
adentro.*

5

—¿Trajiste la bolsa, mamá?

Los únicos intereses del Chole en la vida son la bolsa y el control remoto. Me espera tirado en la cama, mirando tele.

Tiene una remera de Aerosmith y el pelo rubio mal teñido, como de surfista, y sucio. Parece Beavis.

—Claro, cómo no la voy a traer. Soy un profesional.

Nos reímos, pero estábamos cagados hasta las patas. Como siempre. Pelé enseguida los dos paquetes, para darnos ánimo.

Cuando salíamos a robar, el Chole iba de cemento. Yo, de merca.

Enseguida llegó el Seba, también reduro, pero de una merca distinta, que conseguía con la Alemana, que en esa época andaba de novia con él. Se apareció en un auto hecho mierda, de esos grandes, de los años 70. Un auto «rock sinfónico», un auto Oski Moglia: grandote y al pedo. Le dije que era una cagada, que se nos iba a quedar justo cuando tuviéramos que rajar.

—Primera regla de los flippers, vieja: nunca insultes a la máquina. Si la insultás, se pone en tu contra —filosofó el Seba.

El Chole ya estaba bizco. Siempre que bolseaba los ojos se le revoleaban para todos lados. «Con los ojos así nadie te reconoce», decía. No sé cómo hacía para funcionar de cemento. Yo, si llegaba a bolsearme, no podía ir ni a la esquina, me quedaba tirado en el cordón de la vereda, totalmente gorky, como el mongólico de La ley de Los

Ángeles, que después hizo de malo en Darkman. Chole se ponía loco con la merca. Capaz que hasta mataba a alguien.

El Seba tenía la droga ahí, en el auto. Me tiré el lance a ver si me convidaba. Era mucho mejor que la merca del Píldora.

—Qué hacés, Seba, ya estás reduro, vieja... Te surte bien la Alemana.

Puso un poco en la punta de una Oca Card y me hizo aspirar.

—Probá. La mejor del mundo. Pura colombiana. Te la manda Escobar.

—Una fiera la Alemana, ¿eh? —le pregunté yo solo para sacarle conversación.

El Seba era medio negado con las palabras. En realidad, no le gustaba hablar. Nunca supimos cómo hizo para levantarse a la Alemana, jamón del medio, un manjar como nunca hubo en el barrio. El Chole, zarpado en el asiento de atrás del auto, se pasó de rosca:

—Y debe coger como las diosas —le dijo.

—Está bien, no la nombren más —nos cortó el rostro el Seba.

—No sé qué te vio la mina esa para darte la vida que te da.

—Te dije que no la nombraras más. ¿Tamos?

Doble cortada de rostro. Cambio de tema. El Seba sacó al toque las pistolas. Qué cagazo que me daban. Una para cada uno.

—¿Yo para qué quiero? Con la de él alcanza —dije, aunque ya habíamos discutido el tema.

—Ya lo discutimos. Vos llevás el 38, como la canción de Sumo…

—No es de Sumo, vieja. Es de Divididos…

El Seba siguió hablando como si no hubiera escuchado mi corrección.

—… Ya sabés que es nada más que para amenazar, así que no jodas. Aparte mirá cómo está este. Está dado vuelta, no va a poder ni hablar. La llevás y chau, ¿tamos?

—Yo nunca maté ni a una mosca, vieja… ¿Para qué quiero un revólver? —Era verdad: yo era incapaz de descular a una hormiga. El 38 no me iba a servir para nada.

—Los tipos tienen que creer que podés matarlos. Listo.

Íbamos por la rambla. Ya estábamos por Pocitos. Dos rubias teñidas hacían steps contra el murito, la guita no les habría dado para pagarse la cuota de Suomi. Momento de saber dónde era el golpe.

—¿Dónde es?

—Qué te importa. Ya vas a ver.

En los semáforos del Banco República, pareció que el auto se quedaba. Tosía que parecía tuberculoso.

—Bo, Seba, este auto nos va a cagar.

—Ya te dije que no hables mal de la goma. Es como los seres humanos. Cuando hay que rajar se cura, se acelera, como si le subiera la adrenalina. ¿Cazás? Funciona mejor si está nervioso, si siente los nervios del que maneja.

—Mirá, si es por mí, yo ya estoy cagado hasta las patas.

El auto pareció escucharme. Cuando dije que estaba cagado, arrancó de una y siguió viaje.

—Poné música.

Desde atrás el Chole articulaba una oración de vez en cuando. Agarré el casete de Los Piojos, que empezaron a cantarle a Maradona.

—Este hijo de puta nunca, nunca en la puta vida jugó bien contra Uruguay. Siempre lo controlamos. —La empezó el Chole y yo, obvio, la iba a seguir. Mi vocación, siempre, fue la de llevar la contra. La del Chole también. Podíamos discutir por cualquier cosa en cualquier momento, mucho más si estábamos de merca. Y al rato podíamos argumentar exactamente lo contrario de lo que habíamos dicho al principio. El juego era discutir. Dicen que en La Habana, Cuba, tierra de Castro, los tipos hacen esas cosas en las plazas. Se paran a discutir a los gritos, de lo que venga, al pedo. Como Diego. Como nosotros.

—Si vos ni jugaste, qué decís «lo controlamos». Lo habrá controlado Barrios, lo habrá controlado Santín. Pero vos a Maradona solamente en fotos lo viste… —salí yo a defender al Number One.

—Lo vi, sí, señor. Lo vi un día en Punta del Este y estaba reduro… en un boliche lo vi y no podía ni moverse… El domingo, pim pim, pa la cueva, dos goles del Enzo…

—El Enzo… ese no puede ni mover las patas… —Cada vez que lo nombran me caliento. Al italiano gallina ese no me lo banco, fuera de joda.

—Es un fenómeno el Príncipe… Un fenómeno… Lavate la boca antes de hablar mal del Príncipe…

—Ma que príncipe, ese es un garca… Ya debe haber arreglado con los de River que empataban… Mirá si va a jugar en serio…

—Dos a cero, vieja.

—Uruguay no le hace dos goles ni a Rentistas, mamá. A Bolivia no le pudo hacer un gol...

Ahí, el Seba zarpó y entró a gritar como un energúmeno: «Dos a cero, dos a cero...».Yo, para no ser menos, empecé: «Argentina, Argentina». A mí me van a joder. El Seba, piradísimo, me sacó el fierro y me lo puso en la jeta.

—Callate, sorete, y sacá esa música de mierda y poné a los Redondos.

Justo cuando empezaba la canción de Fasolita querido, saqué el casete del estéreo y lo tiré para afuera. Enseguida puse el Himno, el interminable, el que siempre escuchamos cuando salimos a robar, el de la suerte. Los Redondos.

Y en mitad de la pelea y del rock and roll y de yo no sé si a tu perro le gusta bailar a lo bobo, el Chole, colgadísimo con el cemento, propuso bajar un rato a tomarnos una al Michigan. Miramos por la ventanilla, nos dimos cuenta de que estábamos en Malvín y sentimos, como los perros de Pavlov, el sabor de una Patricia en nuestras bocas.

—¿A qué hora nos esperan, Seba?

—Podemos ir a la hora que queramos, ellos nos aguantan...

—¿Vamos?

—Bueno, vamos... Pero una sola, ¿eh? —El Seba, siempre, es el que pone los límites. Y está bien. Tanto Chole como yo nos podemos ir al recarajo en cualquier momento. Una línea antes del bar y ahí vamos, Michigan. Tuve que abrazar al Chole para que no se cayera de lo zarpado que estaba.

—Mirá cómo estás, sorete.

No me daba bola y, mientras caminaba conmigo de muleta, cantaba el tango imitando la voz del Indio Solari: «Sos el as del Club París / as lo tuyo no es el rock / cierran los bares por donde van / tu breto y tus ojos negros». Me la cantaba a mí y me miraba a los ojos, negros, que lo sostenían.

6

Siempre odié Malvín. Típico barrio de tipos chetos y minas franelas, de Levi's 501 y bucitos Lindsay, de esos de lana finita y peinada. Pero el Michigan es distinto. En Carnaval va la Falta y se llena de minitas de los mil barrios montevideanos. Además, si va Peteco pinta buen fumo. Y no hay nada como el fumo en las noches de Carnaval, o, mejor, de pre-Carnaval, cuando los tipos se van a tomar una después de los ensayos. El Michigan está en Malvín, pero merecería estar en el barrio. Una vez por semana, cuando tenemos alguna goma, pintamos por ahí. Todo el mundo nos conoce. Luis, el mozo, es un fenómeno. Tendrá cincuenta años, pero está en todas.

Llegamos y en el fondo estaban los de Plop, ese programa de «humor a la uruguaya», todos en el quinto pedo. Habían juntado tres mesas y cantaban «hoy rompió la lira su mutismo triste y a su son». Los odio, pero así como estaban, borrachos y zarpados, daban una especie de lástima simpática. Siempre sentí una rara compasión por los tipos llamados Ángel. Mucho más si son melancólicos y, curro obliga, tienen que hacerse los cómicos. Los de Plop, ahí en el fondo, parecían llamarse todos igual. Ángel.

El Seba es el public relations. Se hace ver por todos. Lleva aparte a Luis. Le pasa un paquetito de merca. Lo compra. Se le ocurrió ahora. El Seba es un fenómeno improvisando.

—Mamá, si alguien te llega a preguntar algo vos decí que nosotros estuvimos toda la noche acá... ¿Nos podés hacer ese favor, viejita?

—Más bien... Ustedes ni se movieron.

Luis, como todos los mozos, los tacheros y los porteros de edificio, es un alcahuetazo. No se puede aguantar y pregunta: —¿Hay compló hoy?

El Seba no entra y lo corta:

—Estuvimos toda la noche acá. Nada más. ¿Está claro?

—Más bien. Toda la noche —dice Luis. Por más pesado que seas, es casi imposible aguantarle la mano al Seba. Ni aunque te llames Luis y seas mozo del Michigan.

Tomamos la cerveza apurados mientras el Seba nos explica de qué va el golpe de esta noche: vamos a entrar a una fiesta y a llevarnos todo lo de los ricachones. Nos cuenta que se le ocurrió la idea leyendo un cuento de un brasuca que fue cana, que estudió el lugar, que los segurola están comprados, que no hay riesgo. Me pasa un papel escrito con el discurso que tengo que leer. Nos dice por dónde vamos a entrar, dónde va a estar la gente, dónde los mozos, dónde el disc jockey. Dibuja un plano en una servilleta, nos explica todo y lo rompe enseguida.

—¿Una fiesta? Estás loco.

—Ponete a pensar un poco. ¿Quién se va a hacer el Schwarzenegger? ¿El dueño de casa? ¿Los mozos? ¿Los segurolas? No, en una fiesta están todos en otra. O en pedo o queriendo joder, pero lo último que quieren es morirse. Te dan lo que les pidas, hasta entregan a las esposas si querés.

Una fiesta es el lugar ideal para afanar. El factor sorpresa.

—¿Estás seguro, Seba?

No contesta y se levanta sin pagar. Nos levantamos atrás de él, que saluda a Luis y le da más merca.

—Grande, mamá —le dice el mozo—. Estuvieron toda la noche de hoy, la de mañana y la del jueves que viene.

—Vamo arriba, vieja. Deseanos suerte.

—Mierda mierda, como en el teatro.

—Mierda mierda.

7

El Seba nunca usó ningún fierro. Cuando escalaba, llevaba las armas más que nada de adorno. Cuando golpeaba con nosotros siempre esperaba afuera, en el auto, llenándolo de adrenalina. No usaba armas. «Las carga el diablo —decía— Yo, para transar, lo que quieras, pero fierros nunca.» El Seba conseguía los lugares para robar y arreglaba con el Paco, que a su vez arreglaba con los reducidores, pero nunca quiso encarar a la gente. Nunca en la vida lo vimos apuntarle a nadie con un revólver. Creo que el tipo se tenía miedo, que no sabía cómo podía reaccionar si pintaba algún problema, que se sabía capaz de matar al primero que se le cruzara.

Dos bolsazos, dos líneas y arrancamos. Caminante, no hay camino. Dale todo por Rivera. El auto se pasó tosiendo todo el tiempo. Chole estaba con el pegue del cemento, no se daba cuenta de nada. Yo veía milicos por todos lados. «En cualquier momento nos paran y se termina la historia», pensaba. El Seba mantenía la calma, confiando en el auto y en la suerte. La merca le pega zen.

El Chole no tenía ni idea de dónde estábamos. Se empezó a poner ansioso por llegar y empezó a joder.

—¿Falta mucho, vieja? —preguntaba cada dos minutos.

Y el Seba, tranqui, cada dos minutos le contestaba:

—Aguantandanga, que está todo bajo control. Yarap.

Yo vi que estábamos por pasar Bolivia y me entré a cagar. Perseguido, ya veía cómo nos mataban a tiros a los tres, como a los ladrones de Perros de la calle.

—Fuera de joda, Seba, ¿adónde mierda vamos? Mirá que en Carrasco no hay policías pero está lleno de segurolas.

El Seba estaba tan tranquilo que daba miedo.

—Te voy a contar una historia de Verdaguer que, si le cazás la onda, te das cuenta de que tiene que ver con nuestra situación, especialmente con la de ustedes dos.

—Ahí empezó a recitar con la voz de Verdaguer (mejor, del Gato de Verdaguer que pasa Pettinato de vez en cuando)—: Cuantos más chistes uno sabe, menos chistes uno se acuerda. Cuantos menos chistes uno se acuerda, menos chistes uno sabe. ¿Me seguís? Entonces, cuantos más chistes uno sabe, menos chistes uno sabe. Conclusión: es mejor si uno sabe pocos chistes…

El Chole no entendió nada. Sumale al pegue que tenía el hecho de que el cuento era complicado.

—Me perdí… ¿Qué tiene que ver Verdaguer con dónde concha queda la casa?

El Seba, en plan Aristóteles, dijo con calma:

—La conclusión es: confiá en mí y quedate molde… Y aflojá con esa mierda que no te vas a poder parar…

Como una forma de protestar por no estar entendiendo nada, el Chole empezó a recitar un trabalenguas que le había enseñado yo el día antes, jodiendo con el nombre de un edil. Pudo decirlo hasta la mitad. «Béjar veja la oveja, la oveja lo ve y se deja, Béjar le muerde la oreja, la oveja lo ve y se queja.» Ahí paró, porque además se dio cuenta de que se estaba perdiendo todo lo que decíamos.

—Seba, si vamos a Carrasco nos van a cagar a tiros… Está lleno de segurolas privados… —insistía yo.

—Mamá, si yo te digo que está bajo control, está bajo control… Si te llegan a pegar un tiro no te preocupes que yo pago el seguro…

—Ah, estás de vivo también…

—Tranqui, tronqui. Ya te dije que los segurolas no van a aparecer…

Ya íbamos a empezar a discutir por joder que el Seba nos señaló una casa. De más. Esa casa no era de verdad, debía ser alquilada para salir en la revista Caras. Debía ser toda de cartón, una escenografía para una película. La casa de Mariana Nannis. Si alguien, en serio, vive ahí adentro, estoy seguro de que se limpia el culo con billetes de 100 dólares. Que prende la chimenea con billetes de 50. Que da propinas con billetes de 10. Que jala merca con billetes de 1. Que le importa tres carajos si lo afanamos o no.

—Chau, vieja, adónde nos trajiste. —Terrible mansión. Ojalá salga todo bien. Lo merecemos.

8

Dimos dos vueltas a la manzana, lentos, como quien busca dónde estacionar. Inspeccionamos el terreno, siempre escuchando al Seba y a los Redondos.

—Bueno, si llegan a sentir dos bocinazos, así, agarran todo y se vienen cagando al auto.

Sonaron dos bocinazos potentes, demasiado fuertes para ese auto.

—Yo los espero en la puerta, por aquella calle —siguió el Seba—. Si siento un tiro vengo a los pedos para acá. Si no hay bocinas ni tiros, nos encontramos en ocho minutos en la puerta. Ocho minutos nada más, ¿eh? En ocho, minutos tienen que hacer todo. ¿Tamos?

—Tas seguro de que no hay segurolas...

—Está todo bien, viejita, no te me eches atrás justo ahora.

Por qué ocho minutos y no diez, pensé, pero no dije nada.

El Seba desconfiaba de los números redondos.

El Chole parecía despertarse gastando la guita antes de ganarla.

—Mirá la cantidad de autos que hay... —dijo, con los ojos bien grandes y redondos, como si estuviera de cara—. De acá vamos a salir reforzados, viejas...

Como quien te empuja cuando te vas a tirar de un trampolín, ves el agua allá abajo y no sabés si te animás, el Seba nos abrió la puerta del auto y nos empujó para afuera.

—Bueno, vamo arriba, ¿eh? Suerte, viejas.

—Mierda mierda, como dice Luis.

—Mierda mierda, como en el teatro.

El Chole bajó cantando la canción de Perón, pero con otra letra. Se sentía un emerretista. «Perú Perú qué grande sos.»

9

No te miento, habría cien o doscientas personas y, cal- culando grosso, cien o doscientas lucas verdes. Políticos, tipos de la tele, colados. Todos enjoyados hasta el orto. Las minas, todas de tobillos finos, con unos vestidos es- cotados que mostraban pedazos de teta y te calentaban más que si las mostraran enteras. Los tipos, todos vesti- dos igual, aburridos. Yo me sentía como un guerrillero peruano en casa del embajador de Japón. Tener en tus manos como a doscientos ricachos, qué placer.

Desde ahí, desde la parte de atrás del jardín, veíamos todo. La fiesta ya estaba entrando en la etapa del des- conche, cuando los veteranos están en pedo, las cuaren- taipico empiezan a desesperarse por llevarse a alguien a la cama, los treintaipico están saturados de merca y quie- ren pelear y las pendejas veintipico empiezan a aburrirse y piensan dónde ir a pasar histeriqueando el resto de la noche.

La cosa iba a ser fácil.

Hay un rubio que conozco de algún lado bardeando con el mozo. Le pidió un cacho de torta y parece que no le gustó lo que le dio. Le está gritando. Desentona.

—¡Dame un pedazo más grande, sorete! ¡Mirá el peda- cito de mierda que me diste a mí y el pedazo enorme que le das a esta vieja! ¡No es justo!

El mozo no puede dejar de ser cortés, por más que el rubio gil le rompa las bolas. Sonriendo —una sonrisa so- bradora, imposible acusarlo de nada— le dice que cuando termine ese pedazo vuelva y él le sirve otro. Demasiado amable, viste, como cuando te quieren joder. El Rubio no entró y siguió gritándole, reclamando lo suyo. Como si trabajara en McDonald's y lo hubieran entrenado en la Universidad de la Hamburguesa, que existe, fuera de joda, el mozo nada, no reaccionaba.

—¡Dale, hijo de puta! ¡Dame un pedazo grande, veninún! —seguía el Rubio, cada vez más fuera del clima de la fiesta.

Ahí llegó el superior, que escuchó al Rubio —de dónde mierda lo conozco— que repetía como cuando se te tranca el compacto: «¡Mirá el pedacito de mierda que me dio a mí y el pedazote que le dio a esta vieja! ¡No hay derecho!, ¿no te parece?».

Y con el savoir faire y el odio acumulado que solo tienen los que laburan para la clase alta, como el Anthony Hopkins que, mayordomo en una película aburridísima, se quería papar a la Emma Thompson y nunca se animó a decirle; el mozo de mayor grado, el jefe, el que se ve que tenía impunidad, le sirvió un cacho de torta que, no te miento, era enorme, la mitad de la torta, un lemon pie. El Rubio no sabía qué hacer, si tirárselo en la jeta onda Los Tres Chiflados o irse, callado y comiendo. Cobarde. Yo-a-Vos-te-Conozco eligió el segundo camino.

Era nuestro momento. Esta es la noche, la noche de acción.

10

Atravesamos los árboles, entramos y encaramos al disc jockey, un putito teñido en Yonnei que justo estaba pasando una del Lobizón del Oeste, y le dijimos, poniéndole el fierro en la espalda:

—Gilito, quedate quieto, estamos currando igual que vos. Apagá la música y dame el micrófono.

El pobre pibe empezó a temblar y me pasó el micro. Locución: Américo Torres, la voz de América. Guión: el Seba, esperando afuera. Ahí vamos. Viste que siempre hay un policía bueno y un policía malo, y en los robos uno que grita rezarpado y otro que mantiene la calma y tranquiliza a la gente. Bueno, el gritón era el Chole y el zen era yo.

—Señoras y señores, distraemos su atención solo unos breves minutos para informarles que esto es un asalto. Nuestro compañero pasará delante de ustedes con una bolsa en la que, con la calma y la amabilidad que corresponde a su clase social, ustedes depositarán sus billeteras y sus joyas. Sepan disculpar esta breve interrupción en la fiesta que estaban celebrando y les agradecemos, desde ya, su colaboración. —Ese era yo.

Enseguida, el Chole:

—¿Entendieron, hijos de mil putas, concha de sus madres? No se pongan de héroes y larguen todo lo que tengan que si no les volamos la cabeza. ¡Tengo ganas de matar a alguien, eh!

El discursito nos salió bastante bien. Si había un inspector de Agadu en la fiesta podríamos hasta reclamar derechos de autor.

Chole empezó a pasar la bolsa —una de esas bolsas negras de basura— y los quías ponían las billeteras —no estaban muy forradas, todos estos giles van con tarjetas de crédito y encanutan la guitarra en el banco, o en una afap, andá a saber— y las minas las joyas —y ninguna resultó demasiado valiosa, o al menos eso nos cantó después el Paco.

Ahí, desde el lugar del disc jockey, me di cuenta de quién era el rubio de la torta. Un compañero mío de la escuela o el liceo, ya ni me acuerdo. Pero me acuerdo del tipo jugando al fútbol, del tipo pasando al pizarrón —lo veo de túnica, era en la escuela—, del tipo peleándose con Saccara.

—Vos sos Edery —le dije por el micrófono—. El hijo de mil putas de Edery. ¿Qué hacés, vieja?

Edery me miró con una cara que más que cara era un signo de pregunta. «¿Quién mierda sos?», parecía decirme.

—Marcelo, mamá… ¿No te acordás? Quinto B… Antreassian, la paraguaya Alzaga, Canessa, Cincunegui, el Negro Fraguglia, Martínez Baeza, Martínez Carreira, el Pocho Medone, Coco Minarrieta, Popo Morel, Pepino Pirelli, Saccara, Saravia, Garompa Vázquez, el Wallace… ¿Te acordás de cuando casi te cogemos en el vestuario?

Se ve que se acordó enseguida. El hijo de puta, ahora me acuerdo bien que en la escuela era igual, quiso ser el héroe de la noche, el empleado del mes.

—Marcelo. Cómo andás, querido.

Me acordaba cada vez más, Edery le decía «querido» a todo el mundo.

—¿Qué estás haciendo? ¿Por qué? ¿Cómo llegaste a esto?

—Y vos, Edery, vos cómo llegaste.

No lo dejé contestar y apreté el gatillo. Los sesos de Edery salpicaron el vestido de una rubia. Chole me miró, desde el pegue del cemento y los ojos bizcos, con cara de «qué hacés». Yo era el único de los tres que, hubiéramos apostado, jamás iba a matar a nadie. Disparé sin pensar. Fue así, un flash. Ni el Chole ni yo sabíamos cómo seguir con la historia. Yo no me podía mover, estaba como paralizado. Me despertaron los gritos de unas viejas. Un tipo quería tranquilizarnos, se ve que había visto NYPD o alguna serie donde se supone que los tipos que son asaltados tranquilizan a los que los asaltan. Tomé el control de la situación. Me di cuenta de que yo tenía el poder, que todos estaban pendientes de lo que hacía. Eso me envalentonó, me hizo sentir bien.

—Vos seguí recogiendo las cosas, Chole.

Dos bocinazos. La señal del Seba. Había que irse. Antes, más por cábala que otra cosa, me eché un cague ahí, delante de todos. Una cagada amarronada, fácil, escasa, ayudada por la merca que siempre me hace mover los intestinos. Le saqué de un tirón la camisa a un gordito — una camisa de seda artificial, color ladrillo—, me limpié el culo y ya estaba pronto para salir. Volvimos a salir por atrás, pero justo cuando nos estamos yendo el Chole pira y agarra del brazo a una pendeja y se la lleva a la fuerza.

—¿Qué hacés?

—Está buenísima esta guacha, vamos a hacerle un becerro y después la tiramos por ahí.

—Piraste, Chole —le decía mientras corríamos al auto, yo, el Chole y la pendeja, que mucha fuerza no hacía para que no la lleváramos.

—¿Vos me decís que piré, vieja? Si mataste a uno. Cogerse a alguien es mejor que matarlo.

—Depende —le dije, sin parar de correr, pensando en la pijita virgen y escolar de Edery, en el culo virgen y pecoso de Edery en el vestuario, en los sesos pecosos de Edery desparramados en la fiesta.

El auto tosía y el Seba gritaba que nos apuráramos. No entendía nada y seguía superduro. Escuchó un tiro y quería que le explicáramos, miraba a la pendeja y no podía creer que estuviera ahí ni que estuviera tan buena. Al auto del Seba solo subían atorrantas: la Vero, la Vignale, la Brigitte, la Alemana como mucho. Nunca una mina así, con esta clase.

Sin decir nada, el Chole agarró la bolsa y aspiró como si fuera una nebulización. Yo volví a quedar inmóvil. Estoy seguro de que ni el peor de los hijos de puta mata a alguien y se queda tranqui. Y yo acababa de perder la virginidad. Miré la merca pero no quise tomar, pensando que me iba a dejar más paranoico de lo que estaba. Me acordé que en la billetera tenía unos sellos. Eso me iba a hacer bien, estaba seguro.

Veía al Seba gritándonos qué pasó qué pasó pero no podía contestarle nada.

—¿Me van a contar o no, hijos de puta?

—Este gil piró y mató a un tipo —dijo el Chole.

—¿En serio? ¿En serio mataste a uno, Marcelo?

—Estaba de padre. No sé lo que pasó, fue un impulso.

—La tripa estaba empezando a hacerme efectos: por lo menos ya podía hablar. Capaz que dentro de un rato estaba cagado de la risa.

—¡¡Grande, Doctor Muerte!! ¡¡Te felicito!!

El Seba siempre felicitaba a la gente cuando perdía el virgo en algo, en cualquier cosa, buena o mala. Era una forma de aprender, decía. A veces se pasaba de rosca, como cuando felicitó al Oreja el día que se le murió el padre. El Oreja le partió la cara de una piña. Y ni siquiera lo felicitó.

—¿Cuánto se llevaron? —cambió de tema el Seba.

—No creo que haya sido mucho. Estos ricachones tienen todas las tarjetas, pero nada de guita.

—Les habrán afanado las tarjetas, por lo menos.

—Sí, y algún movicom también. —El Chole volvió a mirar a la mina. Le pasó la bolsa y ella, que seguro también necesitaba zafar, aspiró como si supiera, como si hubiese cambiado de historia automáticamente, como si se hubiese ido de la fiesta de los pitucos para venirse a la nuestra.

—¿Cómo te llamás?

Yo lo conozco al Chole: se estaba empezando a enamorar, como siempre, a primera vista. Iba a complicarla.

—Demonio —contestó la putarraca.

Ahí reaccioné.

—Escuchame, Chole. Si no dejás de conversarte a esta mina te juro que la mato, que se me escapa un disparo como a John Travolta. La sacaste de la fiesta para cogértela, no para que fuera tu novia. ¿Por qué no le pedís que te presente a los padres ahora? Apenas lleguemos te la cogés y después vas y la dejás tirada en la rambla. Nada más, ¿tamos?

—¿Me vas a coger? —la mina le preguntó, desafiante, al Chole. Terrible fiestera había resultado. Habría visto a Samantha en Crónica TV y querría copiarle la onda. Nadie contestó. El Seba seguía re por fuera.

—Llévenme con ustedes —nos dijo la hija de puta.

—Chole, avisale a esta mina que está a punto de quedarla. Avisale que si sigue jodiendo le vuelo los sesos como se los volé a Edery.

—Edery era mi novio —saltó Demonio—. Nos íbamos a casar.

—Te felicito —dijo, sin alterarse, el Seba.

—Nena: la historia de tu vida me importa tres carajos. Tu ex futuro esposo marchó a la B porque yo piré mal, no sé, habrá sido un mal recuerdo que me atravesó la mente y me obligó a matarlo. Y vos estás acá para ser violada, sometida y sodomizada, por ambas vías, por este enfermo. Y nada más. ¿Ta claro?

La miré por primera vez a los ojos, tratando de encontrar algún signo de angustia, alguna lagrimita. Estaba buena. Piel blanca con pecas. Difícil no morderla. Qué ojos. Celestes, pícaros. Sin una sola lágrima. Una de esas minas que con los ojos te dicen una cosa y con las palabras otra. Esas minas que no van al grano; que juguetean todo el tiempo y ahí está la diversión.

—La pasaríamos muy bien. Podría hacerlo con los tres.

Llegó el momento del sinceramiento. La vida lumpen no se desea; se adquiere. Es como una enfermedad.

—Nena: somos tres infelices. No sé qué nos viste, pero es todo mentira. Tu novio, por ejemplo, siempre fue el mejor de la clase, el peor de los hijos de puta, el alcahuete del mes. Esos tipos son los que, a la larga, triunfan. Nosotros somos tres fisurados. Toda la guita que robemos la vamos a gastar en alcohol y drogas. Vamos a vivir siempre en lugares de mierda, vamos a ir en cana cuatro o cinco veces, nunca vamos a viajar y si viajamos nos deportan. Haceme el favor, bajate del auto. Vos no sos de este palo.

Este tipo de confesiones solo me las podés arrancar si me agarrás de ácido. Si no, difícil. Cuando terminé de hablar, me entró la duda. Gente enferma, así, como nosotros, hay en todos lados, sin distinción de clases. Me miró diez segundos —una mirada que me decía «quiero estar en tus manos»— y me empezó a chuponear.

—Me encanta el gusto amargo de la merca —me dijo.

Dejó que el Chole le metiera una mano en el culo, una mano que se metió por dentro de la pollera, que se metió por dentro de la bombacha, que le metió dos dedos, uno atrás y uno adelante. Saqué otra tripa con el dibujo de Spaceghost. —Cerrá los ojos y abrí la boca —le dije. Y entró. Gracias, Cartoon Network.

El Seba seguía manejando sin entender nada, mirando cada tanto por el espejito, que tenía colgados un adorno de Bart Simpson y una banderita de Peñarol.

La mañana después bajé a comprar el diario. Primera de El País. El nombre de Edery, mi nombre, el nombre de ella.

Antes, en su otra vida, no se llamaba Demonio. Eligió ese nombre en el auto que, adrenalínico, no falló mientras rajábamos. Ahora estaba en el taller. Motor, chapa y pintura.

II. Ella está tan linda… no puede durar

Acabo de llegar, no soy un extraño
conozco esta ciudad, no es como en los diarios desde allá.
Dos tipos en un bar se toman las
manos prenden un grabador y bailan un tango
de verdad.
Y yo los miro sin querer mirar
enciendo un faso para despistar
me quedo piola y empiezo a pensar
que no hay que pescar
dos peces con la misma red.
Charly García

11

Hay solamente dos cosas en la vida que son para siempre, que no tienen vuelta atrás, de las que no podés arrepentirte: tener un hijo y matar a alguien.

Yo, que siempre les rajé a las seguridades, a las definiciones, a los compromisos, sé que jamás voy a tener un hijo. Por eso me cagué tanto cuando maté a alguien. Todavía lo pienso y no lo puedo creer. Me veo como en una película, tirando una bala de fogueo, rompiendo bolsas con sangre y sesos de vaca que parecieran humanos. Veo la película marcha atrás, en rewind. Edery me pregunta cómo llegué a eso, se acuerda de mí, come un cacho enorme de torta, se pelea con el mozo. Lo veo a Edery con el pantaloncito bajo, con el culo y las pecas al aire.

Lo maté: no hay vuelta.

Tener un hijo te genera responsabilidades: tenés que darle de comer, que pasarle guita a la madre, que elegirle la escuela. Si es mujer, además, tenés que cuidarle la concha. Ahora, matar a un tipo lo que te genera es una especie de vacío, una cosa rara que nunca había sentido y que solo se me fue, por un rato, con el ácido. Capaz que matar a alguien a quien odiás te libera, te deja más tranqui. Pero matar a Edery, de quien ni siquiera me acordaba, me dejó como bobo, como paralizado. Mejor: como fuera de mí. Porque yo seguí, bastante lúcido, con el asalto, puteando a la gente, obligándola a colaborar, metiéndole miedo, cagándoles en mitad del patio. Pero era otro, alguien que me miraba hacer esas cosas. Es muy difícil de explicar, ya lo sé. Lo que quiero decir es que haber perdido el virgo en algo definitivo, como yo preveía, me cambió para siempre.

Desde ese momento se me prendió una cámara adentro.

Desde ese momento yo me miro, como si fuera el protagonista de una película. Como que en vez de ojos tengo una cámara. (¿No me habré vuelto loco?)

¿Ves? Ahí estoy yo en el auto, hablando con mis amigos. Ahí estoy chuponeando a la mina. Ahí estoy dándole una tripa.

12

Edery ya no está más para recoger el mérito, pero la pregunta que me hizo no estaba nada mal. «¿Cómo llegaste a esto?», fueron sus últimas palabras. Y está bien, tiene razón, mucha gente se pregunta cómo llegué a esto. Lo que pasó fue que, en determinado momento de mi vida clase media, me di cuenta de que todo era mentira. Me había pasado horas estudiando, horas en asambleas discutiendo si a la feuu había que reivindicarla o legalizarla, horas en los boliches hablando de la dictadura del proletariado, de Gramsci y de Foucault. Horas cogiendo en nombre de la revolución, del hombre nuevo. Vi vidas destruirse con pibes, pariéndolos solamente porque algún boludo les decía que «se precisan niños para amanecer». He visto a las mejores mentes de mi generación destruidas por la rutina, por la militancia política, por la vejez prematura, por la seriedad estúpida. Sí, también leí a los beatniks y me la creí, aunque las carreteras uruguayas fueran una mierda y la rute sixty six fuera solo una serial y no pudiera ver televisión por contrarrevolucionaria y adormecedora de conciencias. Así que cuando terminó la dictadura zarpé. Me mudé solo al apartamento de la calle Salto y lo convertí en una cueva de drogos y ladrones. Los únicos que entraban ahí eran mis amigos del barrio, los que habían tomado otro camino, los que no habían elegido. Ellos sí son de verdad. No solamente ellos, pero ellos eran los que estaban más a mano. Fue volver al barrio dos o tres noches y ya era uno de ellos. De verdad.

Todos teníamos un alias en el barrio. A mí me pusieron «el Doctor Muerte».

Te juro que no me acuerdo de nada de aquella época, de mi otra vida. No te digo que no sepa tratar una infección urinaria, ni que no sepa cómo encarar una discusión con un bolche. De lo que no me acuerdo es de lo otro, de las películas que veía en Cinemateca y que creía tan importantes. No me acuerdo ni siquiera del doble programa de Buñuel, del aburrimiento con Bergman. Ni de una sola letra de Los Zucará, ni de la cara de Abel García y aquella mentira que cantaba de que había «que empezar por los plurales los versos». No me acuerdo de nada, se me borró todo. Amnesia, tabula rasa.

Cuando se enteró de que largaba todo, el Seba me felicitó, me convidó con merca y se puso a filosofar: «Un hombre tiene seis bisagras en la vida. No recuerdo quién lo dijo, pero es verdad. Tenés seis oportunidades para cambiar de vida. Todas las religiones son una mierda, ¿pero viste que todas, en algún momento, te mandan al desierto? Bueno, en eso son sabias. Porque en algún momento de tu vida tenés que sentir eso, que estás en el desierto, solo, bancándotela».

El Seba era un autodidacta. Las pocas veces que hablaba eran para cantarte la justa. Toda la vida se leyó todo. Escuchándolo me di cuenta de por qué no me interesaba ningún universitario (ni siquiera yo en aquella época). Solo son interesantes aquellos (y aquellas) que tienen cierta dosis de perversión, de angustia, de navegar a ciegas, en la mirada. El abanderado que se desmaya. El mejor de la clase que sería capaz de limpiarse el culo con el carnet. La que se va a casar y, el día antes y porque sí, se suicida. La mina que agarramos en una fiesta para hacerle un becerro y, de una y sin pedir nada, se cuelga a nuestra historia. Los tipos que conservan, los que vegetan, los que van muriendo lentamente con su canción, los que ni siquiera tienen canción, los que te piden «come on baby light my fire», esos no sirven para nada. Nunca se miraron al espejo. Nunca piraron de verdad. Nunca se animaron a cogerse a un puto, ni a chuparle la pija a un travesti. Unos meses después de haber cruzado el desierto, cuando quisimos hacer un grupo de rock con el Pato, escribí una canción. Todos creyeron que era en joda, pero fue una de las cosas más serias que hice en mi vida. Por suerte el grupo nunca salió. Sonábamos mal, pero con garra. Dábamos pena, dábamos risa, dábamos miedo. La canción se llamaba «Drogadicto y puto» y decía así, y a mí me paspaba cuando la cantaba y la poca gente que había en los ensayos se reía: «Hasta hoy has vivido sentado en tu sitio / con tu camisa limpia con tus calzoncillos (Gino Paoli). / Hasta hoy has vivido como los de antes. / Votando cada cinco años a tus representantes. / Hasta hoy has vivido comiendo tu mierda. / No te animaste a probar ni siquiera la yerba. / Hasta hoy has vivido queriendo ser otro. / No te animaste siquiera una vez a decir "no". / Qué pasa si te descubrís / si una mañana despertás / y te das cuenta de que sos / drogadicto y puto. / Qué pasa si un día te asumís / si te da por encarar / y te das cuenta de que sos drogadicto y puto».

13

La merca me pega raro. No me dan resacas de dormir hasta el mediodía. Duermo dos, tres horas y me levanto fresco, como si la noche anterior no hubiera pasado nada. Además, quería leer el diario bien temprano. Quería saber qué habíamos hecho, quién era esta mina, qué decían de Edery las urracas de las páginas policiales. Compré El País, que era el que iba a traer la versión oficial de la cana. La República iba a exagerar. Como cuando la vez que el Seba, escalando, llegó a la casa de Pintos Risso. «Robin Hood del Barrio Sur», pusieron en primera plana. «Robin Hood las pelotas», gritaba el Seba recaliente. Pasé por la panadería para llevarle bizcochos a todo el mundo, que cuando se despertaran iban a tener más hambre que los niños de Bosnia. Como siempre, nos mirarnos con la cajera, una flaca divina a la que vi envejecer detrás del mostrador, nos rozamos la mano mientras intercambiábamos la guita y no nos dijimos nada.

El diario era una maravilla. Primero, porque confirmaba, grande, que habían convocado al Borracho O'Neill, el mejor jugador del Mercosur, que no llegó, todavía, a ser totalmente reconocido. Bien ahí, con el Borracho metiendo huevo sí que les íbamos a romper el culo a los porteños. Y, un honor, abajo del Borracho estábamos nosotros. Sabían nuestros nombres los hijos de puta. Pero, según el Seba, no iba a pasar nada, porque estaba todo arreglado con el Negro Marquitos. Ella era hija de un judas, el dueño de una fábrica de ropa interior, tiensus, chabombas, trajes de baño, no me acuerdo si Yordana o Paola se llamaba la marca. La guita del mundo. Oro en polvo. Prenden los habanos cubanos con billetes de veinte dólares.

Tenía que despertar al Seba para darle la buena nueva. Ahí, en el piso, al lado de él, estaba durmiendo la hija de un millonario. Con razón tenía ese estilo, esa clase, ese perfume. Se le notaba hasta cuando dormía, toda acurrucada. Lo desperté susurrando, cosa de que los demás no me escucharan. Pero tanto la mina como el Chole estaban apolillando como dos rocas. No los íbamos a despertar ni aunque nos pusiéramos a bailar pogo arriba de ellos. El Seba sí, abrió los ojos al toque, sobresaltado, como quien duerme en estado de alerta, como quien durmió alguna vez en la cárcel.

—Bo, Seba, despertate. Mirá esto: somos las estrellas de la prensa.

El sorete se reía mientras leía el diario.

—Mirá la adolescente… más puta que las gallinas…

—Pero mirá quién es…

—Esto significa guita… Podemos decirle al drepa que nos tire algunos dólares si la quiere volver a ver…

—Guita sí, ta bien… Pero también quiere decir peligro. La cana va a estar de punta buscándola…

—Vos no aprendés más, vieja… Ya te dije que el barrio es territorio liberado… Acá no entra la cana. Está todo arreglado…

—No way, José. La cana no entra por la falopa o por algún robo… Pero secuestrar a esta mina es pesado, mamá…

—A vos te falta fe en el Seba, eh… Si te digo que yo arreglo todo es porque yo arreglo todo… ¿O te pensás que el Negro Marquitos se va a hacer el último héroe de acción si puede morder el paquete de guita del secuestro?

—El Negro Marquitos es de cuarta… El padre de la mina va a poner a todo el mundo a buscarla… Hasta Bruce Willis va a venir…

—Te falta fe en el Seba… Si viene Bruce Willis, el Seba arregla con Bruce Willis… Bárbara, don't worry… Esta mina está mejor que la Demi Moore… Le decimos que se la coja y listo, arreglamos con Bruce. ¿Me comprendes, Méndez?

No sé si estaba mejor que la Demi Moore, pero mirarla así, tirada en el piso con una gamba medio destapada me empezó a calentar. Estaba buena en serio, nunca habíamos tenido una mina así. Además, cogía como las diosas. Anoche nos había dado una lección que ni Brigitte. Se ve que sintió la mirada en sueños, porque enseguida se despertó, bostezando, remoloneando.

—Buen día… ¿qué pasa?

—¿Quiere café, señora? ¿Cómo pasó la noche, Débora Milniski?

En vez de asustarse o de sorprenderse, se entró a cagar de risa. Qué fiestera.

—¿Cómo te enteraste de mi nombre?

El País ya empezaba a largar tinta y mancharnos los dedos.

Nos gustaba salir en los diarios. A ella también, que se cagaba de risa del diario, de la noticia, del drepa, de cómo hablaban de Edery, de la infografía con el esquema de la mansión que habíamos asaltado.

—El vejestorio debe estar como loco...

Ya habíamos arreglado con el Seba: secuestro y extorsión. A otra cosa. Como siempre, mientras el Seba explicaba los términos de la negociación yo me quedaba callado.

—Bueno, nena. Te vamos a explicar cómo viene la mano. A eso de las once de la noche cazás el fono y hablás con tu viejo. Te hacés la asustada, le llorás un poquito, le decís que te tenemos secuestrada y que si quiere volver a verte tiene que pagar... ¿cuánto?

—Doscientas, trescientas lucas —arriesgué. Calculaba que eso nos iba a dar para irnos a la mierda, para cambiar de vida. Pero la minita se ofendió. La gente siempre piensa que vale más de lo que vale realmente.

—Un palo verde por lo menos, nene. ¿Qué te pensás, que valgo tan poco?

Pero de repente esta mina valía un palo verde. Imaginátela un par de años en un quilombo. Doscientos dólares por polvo. Cuatro polvos por noche. Chau.

El Seba me sacó de la imagen de Demonio abierta de gambas que ya me empezaba a perseguir demasiado. Me dio un baño de realidad cuando le preguntó a la mina si el viejo tendría un palo verde en la mano.

Acostumbrada a que siempre le dijeran que sí, acostumbrada a la vida de millonaria, donde lo más jodido que te puede pasar es que se muera tu abuelo o que tus

padres se divorcien o que una mañana no tengas acondi-
cionador para el pelo, la mina se puso firme por primera
vez desde anoche. Y, de paso, como venía haciendo
desde que entró al auto, se incluyó en la historia.

—¡Que tenga! ¡O se la vamos a hacer fácil! —dijo. Y no
habló por un buen rato.

Al Seba se le iluminaron los ojitos. Se imaginaba en Jamaica, con un gronei sirviéndole jugos de todos los colo-
res, en un hotel all included. Se imaginaba el rey de la
selva, rodeado de fardos de fumo y con las cinco minas
de las Spice Girls abanicándolo. O la tetuda de Guardia-
nes de la bahía. Se imaginaba que nunca más iba a tener
que transar o que robar. Imaginaba que un palo verde le
iba a dar la libertad que siempre buscaba.

—Está bien, un palo verde… —dijo ilusionado.

El Chole seguía durmiendo.

14

SUPERHÉROES DEL BAR

PEDRO. *Hace veinte años que trabaja de mozo, desde que llegó de Guichón a Montevideo. Les hizo creer a los padres que venía a estudiar, pero nunca pisó un liceo. Se metió en un bar y no salió de ahí. Por un tiempo fue alcohólico, pero dejó cuando el médico le dijo que si no largaba la iba a quedar por la cirrosis. Ahora da cerveza gratis si lo convidan con merca. Como no puede bajar con whisky, baja con té de tilo.*

EL PATO. *Vive a media cuadra, en la pensión de la abuela, así que siempre se entera si hay agite y viene a bardear. Si hay producto pasan tipos de la radio o de la tele, que ni siquiera se bajan del auto, que hacen la transa ahí nomás, en la calle, arriba de la goma. El Pato es el intermediario, el que les lleva los paquetitos al auto.*

EL OJO DE TIMBRE. *Le dicen Ojo de Timbre porque, después de una pelea, le quedó el ojo colgando, como esos timbres con resorte que no funcionan. Se aparece los viernes. Le pide guita a un viejo trolo del fondo para conseguir un gramo, y reparte tres cuartos para él y un cuarto para el viejo, que toma por la boca porque dice que tiene pólipos en la nariz.*

JAVIER Y DE NEGRI. *Están en la mesa, jugando a la conga con dos actores de reparto. Javier, el gallego, es el dueño del almacén y De Negri, el millonario, tiene un telo en Punta del Este adonde siempre va Graciela Borges. En un momento, De*

Negri agarra un manojo de llaves y lo tira, violento, contra la mesa. «Mi auto contra tu casa», le grita a Javier. El gallego piensa un rato mientras todos alrededor de él le dan manija y se ríen. Deja las cartas arriba de la mesa, dice «no», se levanta y se va. De Negri se ríe. «Estuvo bien», piensa. Dicen que el tipo hizo toda la guita que tiene disfrazándose de monja para asaltar un banco. Dicen que el día después del robo apareció millonario y nunca nadie pudo probarle nada. A veces, cuando hay mucho alcohol y huevos de por medio, alguien le dice «el Monja». Él sonríe y cambia de tema.

POCHOLO. Habla solo, a los gritos. Cuando grita de fútbol, habla del mundial del 50, dice que «aquellos eran hombres», que «nunca más Uruguay jugó así», que «los de ahora están para los mangos». Cuando grita de política, dice que «los carneros son unos traidores, nos cagaron, son unos hijos de puta y la puta que los parió. Nos vendieron los hijos de puta, nos vendieron la concha de sus madres, carneros de mierda». Solo él sabe que habla de la huelga del 73, solo él sabe que habla de los comunistas.

EL PACO. La mesa del rincón es suya. Si no está el Paco, nadie se sienta ahí. Nadie lo discute. Si llega alguien extraño, equivocado, al boliche, se le avisa que esa mesa está ocupada. «Venite a mi oficina», dice el Paco, y todo el mundo sabe que está hablando del bar de Manolo.

Los botones saben todo lo que pasa ahí, saben que De Negri transa grande, que el Pato transa chico y que el Paco reduce. Pero nunca van a venir a buscar a nadie al bar. Está todo arreglado. Eso sí, si un día te afanan la casa y les caés bien a los *botones, te van a decir en qué lugar de Piedras Blancas podés encontrar tus cosas.*

EL SEBA Y MARCELO. Quedamos en que nos íbamos a encontrar con el Paco. El Seba negociaba. Yo iba solo a controlar. No confiaba del todo en el Seba. Podía quedarse con cinco lucas sin acusar recibo. Chole no iba; a él le importaba todo tres carajos, agarraba lo que le diéramos.

15

Yo quería ir al bar a reducir. Le dije al Chole que pasara por la pensión donde teníamos a la mina, así la cuidaba él mientras yo estaba en el boliche. Para variar, el sorete ni pintó, andá a saber dónde estaba el hijo de puta. A la hora en que habíamos quedado en juntarnos con el Seba en el boliche para reducir con el Paco, yo estaba solo en la casa con la mina. No sabía qué hacer. Suelta no la iba a dejar, capaz que hasta nos mandaba en cana. Me daba no sé qué atarla, pero no me quedaba más remedio.

—Bueno, nena… Te tengo que atar… —le dije con mi cara más imbécil.

—No me jodas… Estoy acá porque quiero estar con ustedes… —Era obvio que me iba a contestar eso.

—Bueno, pero yo tengo que salir y voy a demorar… Vamos a reducir las cosas… No te voy a dejar acá sola, haciendo lo que se te cante… Por lo menos te tengo que atar…

Qué mirada de hija de puta. Qué putón.

—Es que si me atás me excito… Te voy a pedir que me cojás…

Ya me entró a gustar la mina. Quería que estuviera solo conmigo. Nada de Seba ni de Chole. Nada de becerros. Stay with me. Jamás se lo iba a decir. Yo no soy ningún pendejo como para andar enamorándome. Me iba a ir y la iba a atar.

—No me jodas, mamá, que me están esperando…

—Dejame ir contigo…

Certificado médico: esta mina está loca. De arriba y de abajo. No iba a ser fácil zafarse.

—Vos estás loca. ¿Cómo te voy a dejar ir? Mirá si te reconoce alguien…

Ahí en el barrio, aunque la reconocieran, no iba a pasar nada. Todo el mundo sabía que la teníamos guardada en la pensión de la abuela del Pato. Pero si la llegaba a llevar, seguro que el Seba se iba a agarrar una calentura de la gran puta. El tipo quiere que seamos profesionales, nada de ponernos a joder. Yo estoy de acuerdo, pero esta mina se me estaba yendo de las manos. No me dio tiempo a decirle nada que se metió corriendo en el baño. Demoraba, demoraba, estuvo como media hora en el baño.

—Dale, nena… Salí de una vez.

—Ya voy, ya voy —decía, pícara, desde el otro lado. Me puse a mirar el Polideportivo y me olvidé del tiempo. Demoró como media hora más, Juan Gallardo se reía, Roberto Moar decía «palo, palito», el Enzo mascaba chicle y decía que el partido era difícil pero ellos se tenían fe. Cuando Demonio salió del baño aluciné, vieja, no te miento. Tenía el pelo cortito. Se lo había rapado, casi, en el baño. Y teñido de verde, con el spray que se había robado el Chole de la San Roque de 18 y Tacuarembó. Era otra. Ni el viejo Milniski la iba a reconocer así.

Ya no le podía decir que no viniera. Además, había pasado como una hora y el Seba ya debía tener el negocio con el Paco liquidado. Demonio se puso unos lentes de mosca tipo Bono, que el Chole se había afanado en la tienda del shopping, y se fue conmigo al bar de Manolo.

«Si no fuera tu secuestrador me enamoraría de vos...»
Lo pensé todo el camino por la calle Isla de Flores, pero
no le dije nada a la mina.

16

—Pero vos piraste, vieja... ¿Cómo vas a traer a esta mina? ¿Estás loco?

Yo sabía que el Seba se iba a calentar. Pero sabía, también, que no pasaba nada. Que nadie la iba a reconocer. Y que, si la reconocían, nadie iba a decir nada.

—Bueno, ¿cuánto te dieron?

—Diez lucas... tres mil trescientas treinta y tres para cada uno...

—¿Diez nada más?

—Así es... Ni un dólar más.

Calavera no chilla: yo no había ido a la reducción, me había perdido ver los huesos del cadáver. Capaz que habían sido veinte, pero ya había cagado la fruta de estación.

—Me dijo que la mayoría de las cosas eran truchas... Que valían muy poco...

—Ta bien, empezá a repartir.

Ahí se me ocurrió una cosa que, en un primer momento, me pareció justa. Darle un pedazo a la minita.

—Bo, Seba, ¿y si en vez de tres mil trescientas treinta y tres agarramos tres cada uno y le damos una luca a la chabona...?

—Uh, vieja, me parece que al final el que se va a enamorar vas a ser vos, mamá... ¿Cuándo te presenta a los padres?

—Hoy a las once de la noche, ¿no? —No se podía perder una jodita Demonio.

—¿Y para qué querés una luca vos?

—Para comprarse algo de ropa —contesté yo—. Si va a estar un tiempo con nosotros tiene que pasar desapercibida... Mirá cómo está vestida, parece el Chole...

Era verdad: parecía Butthead con una remera de Pantera y unos Levi's truchos que le quedaban grandes, que el Chole se había afanado en San Francisco.

—Está bien... Pero comprate ropa de feria, ¿eh? No vayas a pisar un shopping ni por putas, mirá que ahí está lleno de conocidos... Y ropa del montón, ¿eh? Nada de figurar... esto es un secuestro, no una fiesta...

—Está bien, ustedes me tienen secuestrada y les van a sacar guita a mis padres, pero yo también quiero estar con ustedes, ¿eh?

La mina parecía Jim Carrey en El insoportable: con tal de tener un amigo hubiera hecho cualquier cosa. Hasta romper las pelotas de por vida.

El Seba le cantó la justa:

—Las minitas de tu clase siempre, en algún momento de su vida, se toman un recreo... Está bien, tomátelo. Me rompe las bolas que te lo tomés con nosotros, pero es justo: nosotros vamos a currar a tu viejo... Pero todos los que estamos en esta mesa sabemos que cuando te aburrás vas a volver a tu casita calentita y segura, con tu papito y su millón de dólares... ¿Ta, nena? Estás con nosotros porque te excita ver cómo viven los lumpen... Pero no sos una de nosotros... Sos la nenita de tu viejo... Valés un palo verde... Nuestros viejos, por nosotros, no pagarían dos mangos...

17

Yo estoy convencido de que el lugar donde nacés te determina para siempre. Que hay lugares que te condenan. Si nacés en Uruguay ya estás cagado. Y si nacés en el barrio es mucho peor, nunca vas a levantarte. Nacés acostado. El Chole, por ejemplo, si hubiera nacido en Los Ángeles, estaría actuando en alguna película. Las revistas yanquis se pelearían por sacarlo en la tapa. El tipo se parece a Leonardo DiCaprio, así que de repente hasta se estaría cogiendo a la Demi Moore, metiéndole los cuernos al bueno y pelado de Bruce. Haría orgías con Jack Nicholson en alguna de sus mansiones.

Pero está condenado: la suerte, o la desgracia, lo hizo nacer en el barrio Sur. Las minas se calientan con él, con sus músculos naturales, que ni siquiera tiene que laburar, con sus ojos celestes (solo dos personas en todo el barrio tienen ojos claros: él y el Negro Alonso, el que jugaba en Atenas). Pero el Chole no actúa en ninguna película ni juega al básquetbol. Cuando llegó a cuarto no quiso estudiar más y es el único que admite que no le gusta trabajar (todos los demás, si les preguntás, te dicen que con un laburo decente abandonarían la vida de la droga y el alcohol, pero la droga y el alcohol no los dejan nunca conseguir un laburo decente). Se la pasa afanando, como al descuido. La primera vez que lo llevé al derpa de Salto me avisó: «No dejés nada cerca mío que te desaparece». Me conmovió tanta sinceridad, y le presté las llaves cada vez que me las pidió. Nunca faltó nada, ni un compacto.

Los padres se divorciaron cuando tenía dos años. El drepa rajó para España en el 76, allá se hizo el exiliado político para que lo trataran bien y le dieran laburo pero nunca militó en la vida. Se casó con una gallega y escribe más o menos una carta por año. Esa carta le alcanza al Chole para mantener la ilusión, para decirle a todo el mundo que en cualquier momento se va a vivir allá. La madre se casó con Bebe, el carnicero, dos meses después del divorcio. Bebe no quiso que el Chole viviera con ellos, así que lo crio la abuela.

Chole se empezó a ir al carajo cuando entró a darle al cemento. Empezó a descuidar la pinta, dejó de vestirse de negro y entró a ponerse siempre la misma remera rotosa y los mismos vaqueros lavados. El cemento fue la droga que peor le hizo: supo darles a las anfetas y picarse heroína, y llegó a inyectarse tinto, pero nada lo apartaba tanto de la realidad como el Novoprén. Y se hizo adicto posta: se pasaba el día bolseando, subido al árbol de la esquina de Lauro Müller y Yaro, ahí en la bajadita, mirando la rambla, totalmente perdido. Lo agarraron dos o tres veces afanando en Ta-Ta y el Seba tuvo que sacar la cara por él, hablar con Marquitos, tirarle un poco de guita. Cuando vimos que ya estaba por pirar definitivamente, con el Seba tratamos de hacernos cargo. Hicimos un pacto de sangre, en el derpa, para protegerlo. El Seba y yo íbamos a pagar, a medias, una pieza en la pensión de la casa de la abuela del Pato, y lo íbamos a cuidar. No nos íbamos a poner en padres y decirle que dejara de bolsear, pero sí íbamos a llevarlo a los laburos con nosotros, onda que se sintiera útil, y le íbamos a presentar alguna mina, cosa que cogiera de vez en cuando.

18

8 de enero

Lo primero que vi cuando abrí los ojos fue un diario y un tipo que ofrecía café y ponía cara de baboso. Despertarte así, en un lugar que no conocés, sin acordarte de cómo llegaste. Me habían comentado esa sensación, pero nunca me había pasado. Raro y excitante. Cuando me terminé de despertar empecé a mirar para todos lados: era un lugar rarísimo y alucinante, con todas las cosas desordenadas… Como si fuera mi cuarto, pero pobre, ¿entendés? Miré para todos lados y los vi ahí, arriba mío, riéndose con el diario en la mano y me acordé de todo… Y yo que pensaba que había sido un sueño… Esas cosas solamente podés soñarlas, ¿no? Estás en una fiesta aburridísima, de repente entran dos tipos a afanar y, cuando se están escapando, te secuestran… De Tarantino, ¿no? Esas cosas que sabés, estás segura, que nunca te van a pasar. Yo siempre tengo fantasías de que me pasen cosas raras… Que un policía te ate, que un obrero te lleve para la obra y el perro termine participando… Pero esto nunca me lo hubiera imaginado. Y si pasa, cuando te despertás ya está, ya desapareció todo… Y acá me desperté y vi un lugar todo roñoso y tres tipos feos — pero de esos feos que tienen su atractivo — y de resaca… No entendía nada… Cuando Marcelo — así se llama el del medio, el que habla más — me leyó la noticia, me habló de que Daniel estaba muerto, que el diario decía que me habían secuestrado, me di cuenta de que tenía que hacer algo… Pero hacer ¿qué?

Para empezar, iba a seguir la joda. Anoche, cuando me agarraron, me dieron droga y me metieron mano en el auto, no la *pasé nada mal. Después, cuando lo hice con los tres, también estuvo bastante bien…*

Sí, no me da vergüenza decirlo: es mi oportunidad de vivir una fantasía… Siempre tuve fantasías, pero nunca concreté ninguna. Los desconocidos son ideales para las fantasías. Lo de Julio no puede decirse que sea una fantasía; la mayoría de mis amigas perdieron la virginidad con algún amigo del padre, algún tipo casado… Eso no tiene nada de raro… Pero esto sí, esto es totalmente distinto de lo que viví siempre… Es la oportunidad de ser Gatúbela por unos días, de dejar de ser Batichica. Siempre quise ser las dos cosas y nunca pude. Nadie me hacía caso cuando me hacía la Gatúbela. Parece que sos virgen hasta que te transformás en puta, es una cosa o la otra. Todo junto no se puede, como dice la canción de Zitarrosa que le gusta tanto a mi viejo. Terrible explotador capitalista fanático de Zitarrosa, no entiendo nada, doña Soledad póngase un poco a pensar. Me pongo a pensar que Daniel está muerto y es raro, no me provoca nada. Ni siquiera libertad. Daniel llegó de casualidad. En la fiesta, cuando vi que lo mataban, pensé «chau, adiós, Gatúbela». Esa parte mala mía ya no iba a poder sacarla. Todos me iban a mirar con lástima: «Pobrecita, le mataron al novio». Así que cuando el pibe me agarró, solamente me dejé llevar. Y ahí nació Demonio. Mi otro yo. ¿O mi verdadero yo? No sé. Creo, más bien, que es mi mitad, mi medio-yo. Sé que se va a terminar en algún momento, así que mientras tanto me voy a divertir, a pasarla bien. Nunca lo había hecho con tres.

No tiene nada de raro, la verdad. Al contrario, tiene algunos problemas prácticos. Apenas me desperté ya me estaban dando fumo. El ácido me gusta mucho más que los fasos, pero se ve que no tienen mucho, que lo cuidan. Lo de anoche creo que fue una excepción. El que me gusta más de los tres es Seba, pero no me da bola. Qué seguridad que tiene. Se ve que la mujer lo alimenta bien. Apenas se le paraba, por más que yo lo intentara con la boca mientras los otros dos me llenaban por delante y por atrás. Seba estaba ahí por compromiso, por no quedar mal con la barra, para que no le dijeran nada. El otro, el que me agarró, es el más frágil, el más tierno, el más fácil de querer. Es el más ausente. Parece Antonio Birabent en Verdad, consecuencia, que nunca sabés si está o si no está y de repente se manda una inesperada. Y el otro, Marcelo, es como yo, siempre en el lugar equivocado. Estoy segura de que va a ser con el que más me enganche.

19

El primer becerro fue a los trece. Con Cristina, claro. Ella cerraba la peluquería a las seis y tenía una hora y media para nosotros, antes que llegara el dorima. A eso de las seis menos diez todos los pibes del barrio empezábamos a rondar la esquina de la peluquería, esperando que Cristina nos llamara para hacernos debutar. Casi todas las madres del barrio, no sé por qué, por esos misterios que tienen las madres, aceptaban que Cristina nos enseñara a coger. Yo estuve como tres meses dando vueltas por la peluquería, pero ella nunca me llamaba. Me daba la impresión de que conmigo no quería nada. Los favoritos de Cristina eran el Beto y el Pato. Casi siempre se iba, en el auto del dorima, con uno de ellos a la rambla, ahí nomás, en Ejido, frente a las rocas. Con el Beto casi que eran amantes. Pero un día, no sé por qué, el Beto no pintó por la peluquería y estábamos solos el Pato y yo ahí en la vuelta. El Lito también quería cogérsela, pero nunca se animó a aparecerse por la esquina. Si iba, iba al mediodía, o a las cuatro de la tarde, horas en que ni ahí, Cristina laburaba. Bueno, ese día que no estaba el Beto y estábamos el Pato y yo, Cristina llamó al Pato. Viendo mi cara de decepción —todos los días era lo mismo— él me dijo que esperara, que iba a convencerla de llevarme a mí también. Estuvieron un rato hablando en el auto y como a los diez minutos me hicieron señas para que subiera. «No le digás nada a tu madre que me mata», fue lo primero que me dijo Cristina. Enfiló para la rambla hablando de cosas de todos los días, del tiempo, de Pacheco, de la veda. Nada que anticipara que íbamos a coger. Estacionó, se pasó al asiento de atrás, donde estaba yo, y se abrió la camisa. Cómo me calentaban esas tetas, eran mucho más grandes de lo que me las había imaginado en mis pajas. El Pato me dijo al oído «vos hacé lo mismo que yo», y le empezó a chupar una teta. Yo ataqué a la otra. Ella empezó a gemir y yo sentí una dureza en la pija como nunca había sentido. Yo estaba de un lado, el Pato del otro, y ella empezó a pajearnos. «Qué linda pijita —me dijo al oído—. Pero la de él es más grande.» Yo conocía la pija del Pato, siempre se la miraba cuando íbamos al baño juntos. Era grande en serio, medía más del doble que la mía. Ella no dejó de pajearme y se la empezó a chupar a él. Se inclinó sobre la verga del Pato hasta dejar, casi, el culo en mi cara. Tenía una pollera escocesa. «Levantámela y besame el culo», me dijo sin sacarse de la boca la pija del Pato. Se la levanté. No tenía bombacha. Tenía trece años, y hasta los treinta seguí usando ese culo para fantasear cuando me hacía la paja. No sé si lo habré idealizado después, pero el culo de Cristina, en ese momento, me pareció una escultura, una obra de arte, perfecto. Se lo empecé a besar hasta ahogarme. Ella no dejaba de pajearme. Ni de gemir en la pija del Pato. «Bueno, llegó la hora —dijo dándose vuelta y apartándose por unos segundos—. Vos, que la tenés más chica, me das por atrás —me dijo—. Y vos, mi amor, por adelante», le dijo al Pato. Me agarró la garcha y se sentó arriba mío. Dio dos caderazos, se la metió toda y gritó «qué divino que te den por el culo —y le ordenó al Pato—: dale, rápido, cogeme».

Si un becerro ya de por sí es incómodo, adentro de un Lada, esos autos rusos hechos para tipos progresistas, es mucho más difícil. Cuando el Pato se le tiró encima, ella, que seguía sentada arriba mío, se echó para atrás, con toda la espalda contra mi cara. Yo casi no podía respirar. Encima no se había sacado la camisa ni la pollera, que estaban ahí molestando. El Pato empezó a serruchar y yo sentía la pija de él chocando, de a ratos, contra la mía, adentro de Cristina. Acabé enseguida. Pero ellos seguían dándole arriba mío. Yo no veía casi nada. De repente entré a sentir unas manos que me acariciaban los brazos. Me di cuenta de que era el Pato. No quería que me acariciara, pero no tenía manera de zafar. Me entró a dar asco, me puse a pensar si no éramos putos. Cristina y el Pato acabaron juntos. Ella se separó enseguida, se arregló la camisa y la pollera y pasó a la parte de adelante del auto. Cuando ella se levantó lo miré al Pato, que me hizo una guiñada. Yo lo miré mal. Nunca hablamos de lo que pasó ese día.

Mientras volvíamos al barrio, Cristina siguió hablando del tiempo, de Pacheco, de la veda. Antes de despedirse me dijo de nuevo: «No le digás nada a tu madre que me mata». Eran las siete y cuarto. En casa, mi madre se sorprendió de que quisiera bañarme un jueves a esa hora. Entré al baño y, cuando me desnudé, me di cuenta de que tenía un poquito de mierda en la punta de la pija. Nunca volví a pasar por la peluquería.

20

Demonio era una fenómena actuando. Hasta le lloraba al veterano por teléfono.

—Sí... Sí, estoy bien...

(Y lloraba.)

—No, no te puedo decir... ¿querés que me maten? (Lloraba y rezongaba un poco, para no perder la costumbre.)

—Claro, papá... si salió en el diario.

(Lloraba y rezongaba un poco más.)

—Sí... Decile a mamá que no se preocupe... (Lloraba un poco más.)

—No, no te preocupes vos tampoco... (Lloraba más.)

—No, a la policía no le vayas a avisar.

(Dejaba de llorar. Se ponía tajante.)

—¿Estás loco? ¿Cómo vas a llamar a los periodistas?

(No lloraba más, lo mandoneaba.)

—Y bueno, papá... Ya se murió, ¿qué vas a hacer?

(Hablaba de Edery y no se le escapaba ni una lágrima. Fría como la mierda fría.)

—No, no sé qué quieren.

(Y me hacía señas para que le sacara el teléfono, como en las películas. Había visto demasiado cine esta minita.)

Le saqué el teléfono pero no dije nada. Corté. El drepa debe haber quedado de cara. Debe haber ido corriendo a tomarse un whisky. Capaz, quién te dice, de repente, hasta se sirvió una línea. Capaz, quién te dice, que hasta se la vendió el Píldora.

21

Después de unos días de novedad, la historia del secuestro entró a formar parte de nuestra rutina. El que negociaba era el Seba, que no nos contaba nada. Y cada día
que pasaba, Demonio estaba más instalada. Nos vino
bien. Sobre todo a mí. No llegó nunca a ser la mujer de
los tres: era mi mujer, y yo, cada tanto, la compartía con
Chole o el Seba. Sobre todo con el Chole, que, a decir verdad, fue el que la vio, el que la agarró del brazo, el que la
trajo. La mina nos hacía comidas, nos curaba de las resacas y, de vez en cuando, hacía transas. Nunca quiso que
la llamáramos por el nombre verdadero: ella quería ser
Demonio. Yo sabía que estaba de vacaciones, que tarde o
temprano iba a volver con los padres, que estaba jodiendo porque sabía que, cuando quisiera, la iban a volver a recibir. Incluso, si la cana la agarraba con la merca
que transaba, ella podía hacerse la víctima, decir que la
habíamos obligado, que la teníamos drogada, cualquier
cosa que siempre iba a salir bien parada. Pero yo sabía
que a nosotros no nos iba a mandar en cana, que en ese
sentido, la mina era de fierro.

El viejo aparecía de vez en cuando por televisión, nos
pedía que se la devolviéramos, ponía avisos en los diarios. Una tarde, ella misma le cortó el rostro, lo llamó y le
dijo: «Estoy acá porque quiero, tarado. Dejate de joder
con la tele y pagales lo que piden». Me hizo acordar a
Patti Hearst, la minita hija de millonario que secuestra-
ron los guerrilleros yanquis y se cambió de bando. No se

puede decir que sean traidoras ni que lo hayan hecho convencidas, se cambiaron y chau.

Síndrome de Estocolmo, le dicen. Yo sospechaba que lo único que había traído a Demonio hasta nosotros era el aburrimiento, el sabor de la aventura. Y la seguridad de que, si quería, podía volver. Era de las pocas personas que podían vivir en los dos mundos. Nosotros, jamás. Los padres de ella, tampoco. Ese, de repente, era uno de los motivos por los que la estaba empezando a querer. El mismo motivo, de repente, por el que el Seba la despreciaba.

Demonio es rara. Hace de todo, no tiene ningún problema para coger ni para robar ni para transar. Pero no puede hablar de esas cosas. En vez de decir «estaba chupándole la pija al Seba», te va a decir «tenía la boca ocupada». En vez de decir «hicimos una transa de dos gambas», te va a decir, solamente, «salió aquello». Jamás va a decir que afanó algo, a lo sumo te explica que «lo pidió prestado». Mi vieja era igual: no decía «cáncer de ovario», decía «algo malo allá abajo». Nunca dijo que Pochito era puto. Para ella era «divino». En la época de mi vieja, para decir que alguien cogía con alguien se decía «andan juntos». Ahora se dice «están saliendo». No entiendo por qué la gente les tiene tanto miedo a las palabras. Por eso, como dice el Seba cuando cita a Verdaguer, es mucho mejor cuando uno sabe pocas palabras, así no recurre a sinónimos boludos. Cagar es cagar. Nada de ir de cuerpo, ni de defecar, ni de hacer sus necesidades. Ni de popó. El uso de sinónimos te da idea de la clase social de la gente: cuantos más usan, más estirados son. O más cagones.

22

No se rían con lo que les voy a decir ahora, pero lo que más me gustaba de ella era que tenía los tobillos finos. Eso es un signo de clase en la mujer. Todas las de la fiesta tenían tobillos finos. Todas las del barrio tienen tobillos gruesos. Cada vez que me preguntan qué es lo primero que le miro a una mujer, tengo que decir, como por obligación, «el culo» o «las tetas». Si estoy entre universitarios me hago el pajero y digo que le miro «la expresión» o «la mirada». Pero de verdad de verdad, lo primero que le miro son los tobillos. Y no de fetichista, eh, no porque tenga una fijación especial, sino porque los tobillos son los que te muestran cómo es una mina. Si son gruesos, si no se afinan cuando están llegando al pie, la tipa es una lumpen. Te va a hacer la comida, te va a lavar los zoncas, puede incluso que coja muy bien, pero nunca la presentes como tu mujer porque te va a dejar pegado. Las minas de tobillos gruesos son como el Chole, no tienen roce social.

Ahora, las minas de tobillos finos de repente no cogen bien, de repente te hacen escenas a la hora de hacerte masajes o de prepararte el morfe, pero son el tipo ideal de mujer como para llevar a cualquier ágape o reunión, el tipo de mujer que tus padres aprobarían. Así como un hombre se reconoce por sus caderas (nunca confíes en un tipo caderudo), una mujer se reconoce por sus tobillos.

23

9 de enero

Más bien que sí… Cuando me dijeron que tenía que hacer algunas transas para ellos no me iba a negar (no me podía negar, además, el Seba me lo dijo como una orden). Pero yo quería hacerlo, no quería estar encerrada en la pieza todo el día… Me subieron a un auto —no sé de dónde sacan los autos, pero era distinto al del otro día— y me llevaron a una casa en la Ciudad Vieja. El paseíto estuvo lindo. Yo había estado una vez por acá, que Daniel me trajo a las Llamadas… Cómo me aburrí con todos esos negros sudando y tocando los tambores todos iguales… Un embole. Pero ahora, visto de día, el barrio parecía más divertido… No sabía que había tantas empresas fúnebres… Nunca me tocó venir a un velorio por acá. Bueno, en realidad nunca fui a un velorio. Como que los muertos dan mala suerte. Había pila de gente en la calle, muchas barras en las esquinas, muchas mujeres hablando… Casas pintadas, con las puertas abiertas, gente saludándose a los gritos… Es un lugar raro, nada que ver con mi barrio; allá nadie corre ni grita. Acá todos gritan y se corren todo el tiempo… Y hay almacenes con las frutas en la vereda… Yo pensé que no había más almacenes en Montevideo, que solamente había shoppings y supermercados… Es raro pero lindo, como un pueblito del interior… Me llevaron a la Ciudad Vieja y me hicieron bajar en una casa. Había un tipo que me miró como burlándose de mí y, riéndose, me dio un paquete del tamaño de un ladrillo. Era marihuana. Pensar que yo me fumo un cigarro y quedo tarada, si me fumaba todo eso me volvía loca. Hoy tuve que hablar por teléfono con papá. Fue raro… Estaba tan mal, pobre… Creo que estaba un poco borracho. *Salí de nuevo en el diario. La foto era una porquería, del casamiento de Yanina. Pero igual me encantó verme, ver mi nombre y el nombre de ellos, que diga que son peligrosos cuando, en realidad, son tres ternuras. Me encanta, la verdad. Tipo que soy famosa. El Seba no me banca, creo que porque soy rica. Pero me tiene que soportar; porque valgo mucho para él. Me mira con codicia. Los otros me miran como dos babosos, pero el Seba me mira como si viera plata. Para él soy nada más que eso. Pero los otros dos ya me quieren un poco. Además, se ve que les sirve que les haga mandados con la droga. A mí me encanta. Y siempre me dan un poco.*

24

Cualquier excusa era buena para festejar por las noches. Porque jugaba el Borracho o porque el viejo de Demonio iba a pagar el rescate. Porque estaba todo bien. Porque sí, porque sí, porque sí. Siempre festejábamos. Hablábamos, nos poníamos contentos, tristes y melancólicos alternadamente. El Seba, secretamente, me envidiaba.

—Sabés qué pasa... Vos tenés educación y yo no... Vos tenés roce social... A vos te meten en cualquier lugar y vos te sabés manejar, te vas a terminar haciendo amigo... En una fiesta como la del otro día o en una historia con el Marquitos...

El Seba habló y el Chole enseguida largó el moco. La mezcla de cemento y merca lo ponía sensible.

—Es verdad, es verdad... Nosotros no servimos para nada, no tenemos educación —decía, y se agarraba la cabeza con las manos.

Yo sabía que, de algún modo, eso establecía una diferencia. Pero pensaba, al revés de ellos, que esa diferencia iba en mi contra, que esa educación que ellos idealizaban solo me servía para darles más vueltas a las cosas, para disfrutar menos. Pero aunque les dijera eso, no se iban a consolar. Las noches de parrilla son para llorarnos la milonga entre nosotros todo el rato. Son las leyes del juego. Y siempre terminamos hablando de Maradona.

—¿Qué educación tiene Maradona? ¿Qué educación tiene Tyson?

—No tienen educación, pero tienen habilidades... Y ya ves cómo les fue... Si hubieran tenido educación no hubiesen terminado como terminaron...

—No terminaron todavía...

—Está bien. No les hubiesen pasado las cosas que les pasaron... Mirá a Enzo. Ese tiene educación y la lleva mucho más tranquilo.

—Ahí está lo que te digo. Ese tiene educación y no sirve para nada. No puede disfrutar de la vida, ¿no viste la cara de vinagre que tiene?

—¡Disfruta de la vida, tarado! Tiene dos hijos, tiene mujer, tiene la guita del mundo...

—Disfruta de la vida como los giles. ¿Para qué querés tener guita si hacés con tu vida las mismas boludeces que hicieron tus padres? Llegás a los setenta años diciendo «ah, si hubiese sido un poco más arriesgado». Como el poema ese de mierda de Borges... «Si pudiera vivir de nuevo comería más helados, me cogería más minas, saldría más de noche.» Jodete, gil, ahora morite ciego y sin haberlo hecho...

El Seba le había prohibido hablar a Demonio, pero ella no se pudo contener.

—Ya se fueron al carajo.

—¡Vos callate! —le gritó el Seba—. Lo lindo de esto es irse al carajo. ¿Para qué te creés que tomamos si no?

Caliente, Seba se sirvió otra línea. Yo volví sobre mis pensamientos.

—A veces pienso que no está nada mal eso de vivir como un gil... No sé...

—Uno siempre quiere lo que no tiene. Si vivieras como un gil estarías diciendo: «A veces pienso que no está nada mal eso de vivir a los pedos».

—Es verdad. Elegir es renunciar.

El momento de los recuerdos y de la reflexión, inédita en él, lo puso el Chole.

—Desde que te conozco, vieja, que querés tenerlo todo. Es imposible, ¿todavía no te diste cuenta? Vos sos famoso en el barrio porque de chico te le revolcabas en el piso a tu vieja para que te comprara una revista. Todos te odiaban por los alaridos que pegabas. —Sí... Billiken o Anteojito...

El Seba lo siguió.

—¿Ves? ¿Ves cómo sos? Era Billiken o Anteojito... Y seguro que si te compraba una sola vos enseguida le pedías la otra... No aprendés más, mamá... Todo no se puede. Y vos estás con nosotros no por las boludeces que decís siempre, eso de que nosotros somos de verdad y tus amigos de antes no... Estás acá porque te hacés la ilusión de que, un día, vas a pegarla y vas a poder tener todo. Porque te diste cuenta de que si seguías estudiando no ibas a ser lo que te vendieron, un profesional culto y con guita, un burgués de mierda. Vos no sos del barrio. Vos sos un comemierda de los ricos. Querés tener todo pero naciste acá y estás condenado a no tener nunca nada...

—Los tipos de la fiesta tenían todo... El padre de esta tiene todo... Esta tiene todo...

—Esta no tiene todo, si tuviera todo no estaría acá. Esta nos está vampireando. Es como vos, una espía. Y fijate qué frágil que es todo, que aparecen tres zarpados en una fiesta y te sacan las joyas, el cuñado, la nena. Hablando de eso, nena… ¿hasta cuándo te vas a quedar acá? Yo quiero arreglar con tu viejo de una vez por todas…

Ella se encogió de hombros. Ahora, también como siempre, el Seba se pondría a hablar de Fonseca, del escritor, claro, no del jugador.

—Qué fenómeno ese brasilero… Pensar que era ortiba. Pero vos sabés que tiene razón, ¿no? Yo, cuando me viene la historia culposa con el tema este de robarle a la gente, me lo pongo a leer y me levanta el ánimo. «Yo no estoy robando —dice—, estoy agarrando lo que me deben. Me deben esto, me deben aquello. Me deben guita, me deben mujeres, me deben médicos, me deben pilchas.» Te lo deben, papá.

—Me hacés acordar cuando iba a la facultad: la propiedad privada es un robo…

—Claro, los pajeros decían la propiedad privada es un robo y después iban a la casa de los papás… Qué fácil… Si de verdad creés que la propiedad privada es un robo venite conmigo una noche y ponete a escalar…

—No me jodas que vos escalás… —le dijo Demonio admirada.

—Buenas noches, auditorio —le cantó, burlón, el Seba.

25

Así como con el Chole nos conocemos desde que tenemos tres años, con el Seba nos conocimos recién de grandes, laburando. Yo estaba en tercero de facultad y se me dio la loca de conseguir algo de money. Quería zafar de una buena vez y, para poder zafar, tenía que independizarme de mis viejos. Y ¿qué podía hacer un inútil como yo si quiere conseguir un laburo? El libro de los clasificados y ponerse a buscar. Así, el único trabajo que encontré fue en la librería Ruben, arreglando los libros que venden los desesperados, contando las páginas para ver si los vendieron enteros o si arrancaron alguna, la significativa, la que de repente contiene alguna declaración de amor que el tipo querría usar con alguna mina. Laburaba de once de la noche a siete de la mañana, contando las páginas impares de los libros, casi todos truchos, la mayoría bestsellers sin valor, algunos Serie Negra. Uno, tres, cinco, siete, nueve, uno, tres, cinco, siete, nueve, uno, tres, cinco, siete, nueve, contabas hasta el infinito y, aunque fueran las ovejas que iban saltando una cerca, no podías dormirte. Cuando terminabas, tenías que poner en la primera página del libro, con lápiz, tu firma y la inscripción «revisado completo». Por supuesto que duré tres noches, pero esas tres noches me alcanzaron para hacerme amigo de Julio Julián, que ese año había salido con Falta y Resto y estaba recopado con su labor murguera y militante, y conocer al Seba.

El Seba caía todas las noches antes que nadie. No hablaba, solamente contaba hojas. Iba cuatro o cinco veces por noche al baño, pero yo no me avivé —era imposible que me avivara en aquel momento— de que iba a darle a la merca para mantenerse despierto. Una mañana, mientras cantaba Gardel —en esos días empecé a odiarlo, no por él sino por tener que escucharlo entre las cinco y las siete, las horas en que el sueño avanzaba más traidor—, vi que el Seba, creyendo que nadie lo veía, se guardó La metamorfosis abajo del pantalón, en el bulto. Lo miré al otro día y vi que se metía, a la misma batihora y en el mismo batilugar, Feliz año nuevo, de Rubem Fonseca. Cuando salíamos lo encaré:

—¿Venís acá solo para afanarte libros?

—No... Me los llevo para leer y los devuelvo al otro día...

Nadie se da cuenta... ¿No viste que esto es un despelote?

Me invitó a tomar un café al bar de Paysandú y Tristán Narvaja. Se ve que tenía ganas de hablar, porque me contó vida y obra, y me dijo que estaba ahí de pasada y para disimular, pero que en realidad estaba planeando un golpe.

Siempre vestido de negro, siempre de muñequera y cinturón con tachas, puedo decir que el Seba fue, para mí, como esos libros que te cambian la vida. Él mismo me dio Rayuela la última noche que laburamos. Y me preguntó, sin presiones, si me animaba a subirme a un tablón. Las primeras dos veces le dije que no, pero el día que decidí dejar la facultad salimos juntos a robar un Essoshop y lo festejamos con Etiqueta Negra. Esa noche me enteré de que vivía en el barrio y conocía a toda la barra: al Brea, al

Mancuso, a la Cincuenta Pesos, al Píldora, a la Brigitte, al Lito.

—¿Siguen jugando al fútbol en la calle? —le pregunté.

—No, mamá... Desde que pusieron las funerarias todo el mundo prefiere quedarse en la casa, curtiendo o mirando tele.

El Seba, además, fue una señal: tu camino es circular, parecía decirme, tenés que volver al barrio, tu lindo barrio, barrio lindo. Los reos y las atorrantas te siguen esperando.

—¿Mariela sigue ahí?

—Mariela se murió... ¿no sabías? Se tiró de un edificio justo el día antes de casarse.

Esa noche decidí abandonar la facultad y me hice una paja pensando en las piernas de Mariela, que en ese momento debían estar siendo comidas por los gusanos.

26

9 de enero

Cuando están de parrilla son divinos. Son las únicas veces en que el Seba habla. Y tiene razón en todo lo que dice. Odia a los ricos, pero con fundamentos. El Chole siempre está volando con la bolsa, y Marcelo, en realidad, quiere ser rico. No los odia, los admira. Yo, que soy rica, los entiendo. Entiendo que odien que algunos tengamos más y ellos nada, y entiendo también que quieran vivir como nosotros. La teoría del Seba, de que cobra lo que le deben, es una ternura… Si un día va a cobrarme, prometo que le doy todo. Si me hiciera solo de él, agarraría viaje. Si me dijera que me quedara para siempre con él, también. Pero me odia. Marcelo sí, está que se mea conmigo… Él no entiende que, aunque tenga todo como yo o como mis amigas, siempre se va a quedar con las ganas de algo. Yo, por ejemplo, estoy con ellos pero sé que se va a terminar. Si dudara un segundo de que me puedo volver a mi casa cuando quiera estaría histérica. Pero como sé que puedo volver me quedo tranquila hasta que me aburra… Es todo tan distinto de lo que conocí hasta ahora. Es raro, pero por ahora no extraño para nada. Es como cuando me iba de casa dos o tres meses, de vacaciones, cuando era chica. Me olvidaba de todo. Recién cuando volvía me daba cuenta de que no había estado en mi casa.

27

Tener una mina ahí, siempre presente onda Yoko Ono, al Seba le rompía las pelotas. A mí, no voy a negarlo, me gustaba. Sobre todo tratarla bien y mal, alternadamente. Hacer que se sintiera protegida en un momento y que sufriera como una hija de puta en el otro estaba bueno. Pero el Seba no se la bancaba, y cuando estaba él yo tenía que protegerla. Lo único que impedía que el Seba se pusiera mal y la entrara a cagar a palos no era yo —el Seba no hubiera tenido ningún problema en cagarnos a palos a los dos—, sino el hecho de que esta mina, así rompebolas y fiestera como era, nos podía llegar a cambiar la vida. La gran esperanza blanca. Imaginate, nosotros con un palo verde. Unos fenómenos, vieja. Imaginate nada más que liguemos trescientos mil dólares.

Un añito de vacaciones en Jamaica y nos volvemos bronceaditos y refumados para seguir siendo los reyes del barrio. ¿Cómo la vesubio? Esa fantasía era lo único que hacía que el Seba se siguiera bancando a la mina. Pero entró a venir menos a la pensión de la abuela del Pato, y a preocuparse menos de si llamaba o no al veterano o si salía o no de la casa. Como que esperaba, zen, que la mina se aburriera y el viejo nos tirara la guita. Si salía el palo verde, tenía que gatillarle cincuenta lucas a Marquitos.

Pero el día que cayó el Chole por boludear en CD Warehouse, el Seba piró y quiso encargarse él, personalmente, del asunto. Nos mandó a la casa del hermano en

Parque del Plata, nos dijo que estuviéramos ahí guardados hasta que él fuera para allá y que si se llegaba a enterar de que la mina salía una sola vez de la casa nos mataba a los dos y a otra cosa. Se calentó en serio. Nunca lo había visto así. Y eso que lo vi en varias peleas. Eso que le rompió la jeta a cuatro tipos juntos en el pub ese de Pocitos que se llamaba Kiss that Frog. Pero el día de Warehouse como que se desconectó. Quiso terminar de una con la historia y se hizo cargo.

SUPERHEROÍNA DE LA HISTORIA

Toda la vida todo el mundo le dijo que era loca, inadaptada, que no afrontaba la realidad. La familia la creía la oveja negra, la que no cumplía las reglas. En el liceo no la bancaba nadie. Si le gustaba alguien decían que era flor de puta. Si no estudiaba era revoltosa. Si estudiaba era traga. Nunca logró tener amigas ni amigos. A los catorce, perdió la virginidad con un amigo del padre, que la llevó a un apartamento, le contó lo viejo que se sentía y la penetró, lento y sin lubricación. Ella no sintió demasiado, pero siguió haciéndolo, excitada porque estaba explorando lo prohibido. Además, Julio era muy tierno, se confesaba con ella y le hacía regalos. Compactos, sobre todo. Nunca dejó de ir al derpa de Julio, pero a los diecisiete se ennovió con Daniel. Lo conoció en un casamiento un sábado y el domingo él ya estaba invadiéndole la casa y autoproclamándose novio. Le gustaba más coger con Daniel que con Julio. Era más violento, más rápido. Una vez le pidió que la atara y disfrutó todavía más. Todos le empezaron a planificar el casamiento. Ella empezó a tomar merca. Se la conseguía Nicole, una amiga de la hermana. Daniel nunca lo supo. Ella, a su vez, nunca supo si quería o no casarse. Lo único que, cuando el balazo, no lloró ni sintió la pérdida. Solo un vacío que la alivió.

La mano empezó más o menos así. Demonio quería salir por 18, segura de que nadie la iba a reconocer, explicando que por 18 nadie mira a nadie a la cara, a lo sumo le mirarían el culo. Quería gastarse la luca que le habíamos regalado en pilchas. El Chole estaba de fumo y fue con ella. A él le gusta salir de fumo y chocarse con la gente. Compraron dos o tres boludeces carísimas en Benetton, el Chole se afanó dos o tres cosas en Ta-Ta y les sobraban quinientos mangos. Estaban en Subway comiéndose uno de esos refuerzos grandes, de un pie, de tuna, y la mina lo invitó a escuchar música.

—Vamos a gastar lo que nos queda en compactos —le dijo.

—Mejor compramos falopa y no le decimos a nadie —le contestó el fisurado del Chole.

—¿Para qué querés comprar falopa si siempre la conseguimos de arriba? Dale, vamos a comprar discos... Quiero bailar. —Había visto en MTV el último video de Jamiroquai, ese que se le mueve el piso, y alucinó. Y como siempre logra lo que quiere, ahí fueron con el Chole a CD Warehouse.

El Chole nunca había entrado y piró con la cantidad de discos que había. Vio que había un segurola en la puerta, así que resistió la tentación de sacarle la etiqueta de barras al Nine Lives de Aerosmith y llevárselo. El Chole miraba tranqui los discos cuando Demonio empezó a bardear, a los gritos.

«Mirá, Chole, el nuevo de Enrique Iglesias.» Cuando el Chole la miró, desde la otra punta de la disquería, con cara de asco, ella le gritó «¿no te gusta?» y tiró el disco a la mierda.

Nadie la vio, pero el compacto quedó ahí roto en el piso.

Entonces le gritó: «¿Y Emanuel Ortega te gusta?».

El Chole se empezó a cagar de la risa y a contestarle: «No, qué me va a gustar. Y a vos te gusta Europe, seguro». Y el Chole se entró a colgar él y a romper compactos. Así, antes que el segurola les cortara el rostro marcharon los discos de Riquelme (lo rompió ella), de U2 (lo rompió él, ella protestó), de Isabel Pantoja (ella), de Fito Páez (él), de Oasis (ella), de Red, Hot and Rio (él), de Rage Against the Machine (ella, él protestó), de Whitney Houston (él). Cuando el Chole estaba triturando con el pie Si me voy antes que vos, de Jaime Roos, el segurola lo agarró de atrás, de los pelos, y no lo soltó. Demonio salió corriendo y no pudieron alcanzarla. No le dio tiempo para agarrar las bolsas, así que se quedó sin pilchas. Al Chole lo mandaron a la Primera. Le encajaron «rapiña» y, no sé por qué, «en reiteración real». La mina, que es zarpada pero fiel, no se fue corriendo a lo de los viejos ni a denunciarnos a la ley. Enfiló por Julio Herrera para abajo y llegó, sola y libre, a la pensión donde la teníamos presa, para contar lo que había pasado. Yo, por un lado, la quería matar por pirada, pero por otro valoraba que hubiera vuelto sola cuando perfectamente podría haberse rajado haciéndose la inocente. Pero el Seba no quiso saber de nada y, él mismo, la ató y nos mandó a los dos lejos de Montevideo.

III. Hasta que la muerte los separe

no estás completamente inventada
te falta algo te falta amor
le falta ser como son los soldados
que mueren juntos al frente amor
fax you!
Charly García

30

—Qué hijos de puta que son… Cómo piraron, la puta que los parió… —El Seba era una sola puteada—. Mirá, hermano, a partir de ahora yo voy a trabajar solo, ¿tamos? No quiero saber más nada con el zarpado del Chole ni contigo, ¿tamos? Con el viejo de esta puta voy a arreglar yo… Ustedes no tienen más teléfono… Y se van a la mierda, a Parque del Plata, a la casa de mi hermano. Y que no salga ni una vez. Llega a salir una vez, una sola, y los quemo a los dos. ¿Me entendiste, Marcelo? Nada de romances, ¿eh? Todo terminó entre ustedes. La mina no podía contestar, el Seba le había puesto una mordaza en la boca. Creo que lloraba, pero no le podíamos creer nada. Tenía razón el Seba, hay medidas de seguridad que no hay que perder de vista. Pero esta mina era capaz de volver loco a cualquiera. En ese sentido, el Seba era admirable. Fue el único que no cayó en las redes de Demonio. Becerro la primera noche y después nada. Bueno, él también tenía a la Alemana.

El mismo día consiguió un auto que no tosía, un Gol, y sin decir una palabra en todo el viaje, nos llevó hasta Parque del Plata. Llegó en veinte minutos, una casa frente al arroyo. El hermano del Seba trabajaba en una agencia de publicidad y hacía buena guita currando a los clientes. Ahora se había ido a Nueva York, a un festival o algo por el estilo, y había dejado al Seba a cargo de la casa. Lo más importante es que tenía televisión: podíamos ver el partido. Antes de irse, el Seba le revisó los bolsillos a la mina para ver si tenía guita. No encontró nada. Después que se fue el Seba, Demonio se sacó, delante de mí, un tubito de plástico del culo. Papillón.   Adentro, en un rollito, cinco billetes de cien dólares. La guita que se iba a reventar con el Chole. Qué hija de puta.

El Seba nos dejó ahí tirados. No nos dijo nada, ya nos había amenazado todas las recomendaciones. Se fue y no volvió por una semana.

El partido fue un embole, terminó cero a cero. Francescoli no movió las patas y encima pidió el cambio antes de terminar. El Borracho ni entró, no sé por qué mierda pusieron a Fonseca.

Estábamos cansados de coger, ya lo hacíamos por deporte. Estábamos fisurados y teníamos guita. Obvio: salir, salir a comprar.

Ahora, ¿qué tenía que hacer? ¿Ir solo o con ella? Si salía con Demonio, el Seba, con la calentura que tenía, era capaz de cumplir la promesa de matarnos a los dos. Si salía sin ella, era un hijo de puta y no le tenía confianza. Como siempre, ella se me adelantó. Se ve que había visto la película de Almodóvar, porque ella misma agarró la soga y me pidió que la atara. Esta vez se lo dije:

—Si no fuera tu secuestrador me enamoraría de vos.

—Vos ya estás enamorado de mí. Y no sos mi secuestrador. Yo estoy acá porque también estoy enamorada de vos. Somos como esos gemelos que separan al nacer, los llevan a dos lados completamente diferentes y cuando se vuelven a encontrar se reconocen, y ven que, a pesar de todo, son iguales. Así somos vos y yo. Almas gemelas. Separados al nacer.

Yo no sabía si lo decía en serio o para comprarme. O, lo más probable, que estuviera haciendo las dos cosas: enamorándose y convenciéndome. Lo cierto es que no dejé de atarla mientras hablaba, y cuando terminé, antes de ponerle la mordaza en la boca, dijo lo que estaba esperando que dijera:

—¿Te dije que cuando me atan me dan ganas de coger?

Esta vez fue distinto. Por primera vez entendí a los giles que dicen que es mejor cuando uno coge con amor. Había algo, una energía, que nunca había sentido con nadie. Temblábamos, nos daba miedo abrazarnos. Hasta la concha tenía un sabor nuevo. A durazno. El polvo duró siglos, y por primera vez no fui directo al grano, sino que me dediqué a recorrerla toda. Acostumbrado a acostarme con putas, que si las besás o las manoseás te paran el carro y te dicen que dejés de pajearte, que se la metás de una vez, yo nunca me había animado a recorrer así, entera, a una mujer. A descubrir cómo se le para el pezón cuando le pasás la lengua. A tomarme las gotas de sudor que le bajan por la axila. A taparle los ojos y despistarla. A volverla loca. Y volverme loco.

Fue la única vez que cogimos así. Enseguida, quizás cagados por lo que nos había pasado, volvimos a la gimnasia, al exhibicionismo, al mete-saca, al Monstruo de dos Espaldas. Nos quedaban dos días, y no volví a intentar atarla. Éramos dos almas gemelas: teníamos un miedo atroz de irnos al carajo. Un miedo atroz de perdernos. Nos quedamos dormidos abrazados. Nos habíamos olvidado de la droga.

10 de enero

Ahora, al Seba, lo odio. No tuvo en cuenta que salí corriendo para la casa, que ni se me ocurrió ir a la policía. No valoró que fui yo, nerviosa, a contarles que habían agarrado al Chole. Ya sé que la cagué, que nos regalamos y regalé al Chole, pero también es verdad que corrí a donde estaban ellos, y no a lo de mi papá ni a la policía ni a la televisión. Lo odio. Porque enseguida se puso como loco, me puteó toda y me ató tan fuerte que ni siquiera me dio para mojarme. Y Marcelo me miraba con una ternura, pero como es medio cagón no hacía nada, le decía todo que sí al Seba y lo dejaba que me tratara mal. Bueno, no hay mal que por bien no venga. Ahora estamos con Marcelo en Parque del Plata y lo estamos pasando bastante bien. Capaz que está mal que lo diga, pero hoy estoy feliz. Y capaz que es el día más feliz de mi vida. Marcelo se portó como un hombre, y me di cuenta de cómo me quiere. Se enamoró de mí en estos días, se ve que vio algo. Me viene bien, porque la verdad es que yo, Mrs. Insecurity, jamás hubiera pensado que nadie me podría llegar a querer así. Me daba cuenta cuando me abrazaba, cuando me la metía, que el tipo me estaba sintiendo. Y yo lo estaba sintiendo a él. El primer día me di cuenta de que Marcelo y yo éramos parecidos, que estábamos los dos como a mitad de camino. Claro, ninguno de los dos sabemos a dónde va ese camino, dónde vamos a terminar. Pero sabemos que en las dos puntas del camino hay cosas que queremos, no podemos renunciar a ninguna de las dos puntas. Sí, somos iguales. Por eso él jamás pudo tratarme mal. Por eso sufría cuando me tenía que atar. Por eso lo ayudé y le confesé que me calentaba. Yo también me enamoré. Pero no me enamoré de él, sino de la forma en que él se enamoró de mí, ¿entendés? Si tuviera que elegir a uno de los tres, elegía a Seba, tan seguro, tan distante. O a Chole, tan niño, tan frágil. Pero él, Marcelo, era el más indefinido. El que podía entregarse más. Por eso terminé con él. Creo, incluso, que me envidiaba, que envidiaba que yo fuera rica, que lo tuviera todo solucionado desde que nací. Los otros dos me lo reprochaban, me hacían sentir culpable. Marcelo no, él se sentía culpable de haber nacido —las palabras son de él— «socialmente condenado». Y acá en Parque del Plata estamos como en luna de miel: lejos de todo, hablando de cosas que nunca habíamos hablado con nadie. Me quedaría acá toda la vida. Él también. ¿Podremos? ¿Hasta cuándo nos va a durar?

33

—Contame… ¿cómo fue tu primera vez?

Apenas nos despertamos y ya estamos hablando, contándonos cosas, mirando dos rubios de pelo oxigenado haciendo windsurf en el arroyo. Desayunamos café negro, sin azúcar, sin leche.

—Tenías dieciséis años… Quería hacerlo rápido, de una vez… Pero todos los de la clase eran unos tarados, parecían unos nenes… Te sacaban a bailar en las fiestas de quince y te refregaban toda la noche, pero si se les paraba y te dabas cuenta se ponían colorados y se iban corriendo… Unos pendejos…

—Entonces…

—Entonces lo hice con un tipo muy mayor, Julio… —¿De dónde lo sacaste?

—Amigo de papá…

—Son los peores… ¿Estabas así de buena en esa época?

—Yo ahora veo las fotos y me da vergüenza, pero en aquel momento me sentía una loba, la Mujer Maravilla. Pero ya te digo, ves las fotos y era una terrajita… No sé, se ve que era la moda de aquella época, pelito lacio, carita lánguida…

—Medio hippie…

—Sí, pero medio hippie inocentona…

—Pero ya estabas desarrollada… tenías estas tetas y este culo…

—Sí, pero hacía lo posible por ocultarlos… —Bueno, ¿y cómo fue lo de Julio?

—El tipo encaró, no le importó nada... Una vez, delante de papa y mamá, me dio un papel con una dirección, un día y una hora...

—¿Delante de tus viejos? Estaba loco el tipo.

—Ellos se ve que no lo vieron o no quisieron verlo... Nunca me preguntaron nada de ese papel... Ni se lo imaginaron... —Y fuiste.

—Sí.

—¿Pero te gustaba de antes? ¿Te había insinuado algo?

—No, nada. Solo ese papel...

—Fuiste y...

—Fue alucinante... Porque fue tipo que me trataban como a alguien grande... La primera vez... Cena, música, whisky, un poco de marihuana... Todo nuevo, increíble...

—Y...

—Y, la verdad, no tuvo nada de especial... Era solamente la necesidad de perder la virginidad, de sentirme más que mis amigas... Pero no me gustó ni me dejó de gustar... Lo que me gustó fue lo prohibido, el hecho de ir al apartamento, toda la puesta en escena del tipo...

—Un profesional...

—Un profesional... Nada que ver con Daniel...

—Bueno, pero Edery ya era un gil de mierda desde chico... No te imagino con él...

—Sí, yo ahora lo pienso y es como si fuera otra la que estuvo con él, y no yo... Pero, no sé... Era cómodo... Algo oficial... No sé, tipo que estando con él yo ya no era la loca para los demás... Tipo que me daba... no sé, legitimidad...

—Me imagino que debía coger horrible…

—A mí me gustaba más que Julio. Por lo violento…

—Lo rápido… Eyaculación precoz debía tener…

—No. Era rápido pero yo quedaba bien… Me gustaba eso, que me la metía enseguida…

—A ver, ¿cómo era…?

—Así…

—¿Así?

—Así.

El Seba empezó a trabajar solo, por su cuenta. Ya se había gastado las tres lucas de la fiesta y andaba sin un mango. Tenía que pagarle la droga a la Alemana, que no mezclaba trabajo con placer y le cobraba la merca religiosamente. Además, habían matado al exmarido, que se vino con ella de Alemania, y precisaba guita para pagar el entierro y contratar a un abogado por las dudas (en el barrio dicen que la guita que trajeron salió del oro nazi. Lo cierto es que tenían un toco de guita, instalaron dos boliches y dos pensiones para las putas brasileras que manejaba el alemán. Nunca se supo quién lo mató ni por qué).

Entonces el Seba volvió a su primer trabajo: escalar. Era, no te miento, un gato escalando. El Hombre Araña. Nunca iba más allá del sexto piso, pero subía y bajaba rapidísimo y nunca lo agarraban.

Era el terror de Pocitos, y la cana lo tenía jurado. Pero como no se preocupaban demasiado por los robos —además, todas las víctimas tenían seguro y no jodían demasiado con que agarraran al dronla— lo dejaban relativamente tranquilo. Si algún día lo llegaban a agarrar in fraganti, claro que lo tenían que cagar. Pero el Seba siempre se cuidaba y estudiaba antes. Iba solo a los lugares que ya estuvieran vendidos. Era amigo de todos los porteros y los diarieros de Pocitos, y sabía quién estaba en la casa y quién no.

Y perdió por culpa de un lechón mal asado.

El milico del quinto se había ido a pasar el fin de semana a Punta del Este. Estaba forrado de guita y tenía muchas antigüedades, se ve que la jubilación de la dictadura le rendía. Había dos videos, un microondas, un fax y una computadora portátil. La televisión era muy grande, de veintinueve pulgadas, así que no corría. Si yo hubiera ido podríamos haberla cargado entre los dos, pero el hijo de puta ni me avisó.

Me enteré por los diarios, al otro día.

El milico se sintió mal, seguro que había comido un lechón y se había agarrado una cagalera atroz, y decidió dejar a la esposa y la hija en Punta del Este y volverse a Montevideo, solo con el doberman. Cuando se levantó a cagar por quinta vez en la madrugada vio la sombra del Seba moviéndose con una linterna. Cazó el revólver que tenía en la mesa de luz, prendió la luz de sorpresa y le vio la jeta al Seba, que por primera vez en la vida se sintió inseguro mientras afanaba. El Seba fue más rápido, peló el 38 —el mismo que había usado yo para matar a Edery en la fiesta— y tiró, sin mirar muy bien adónde. Bajó en dos segundos y desapareció por 26 de Marzo. Le había dado en la pierna al milico. Es un tarado. Una vez en la vida que sale con un fierro y no mata a alguien ni queriendo. Ni de casualidad.

35

Al otro día, cuando fui a comprar pan vi el titular de La República, me di cuenta enseguida de que el que le había disparado al milico había sido el Seba. La República batía que se trataba de un rebrote tupa, una venganza o algo por el estilo. Pero no: era el Seba que había ido a robar.

—Aprontate que, seguro, el Seba se aparece hoy o mañana por acá —le dije a Demonio.

—¿Cómo sabés?

Le mostré el diario y le conté la historia del Seba. Y le dije que, seguro, iba a tratar de hacer la transa con el viejo enseguida y pirar antes que lo agarraran.

—¿Y nosotros? —me preguntó casi llorando. Parecía Andrea del Boca.

—Nosotros fuimos. Si tu viejo paga, te volvés a tu casa y yo me voy a la mierda. No nos vamos a ver nunca más en la vida.

—¿Puedo pedirte algo?

—Depende.

—Vamos a casarnos.

Piró. Repiró. ¿Casarnos? No entendía nada. Yo sabía que nunca me iba a casar en la vida. «Casarse es cazarse», decía siempre, y tenía mil ejemplos para demostrarlo.

—La única forma de casarse sin cazarse es así: sabiendo que no nos vamos a ver más —me dijo ella.

—¿Y entonces para qué nos vamos a casar?

—Para acordarnos siempre. Para saber que lo que nos pasó estos días va a durar. Para seguir juntos hasta que la muerte nos separe.

—Hasta que la muerte nos separe… Siempre me asustó eso… ¿No es demasiado?

—No… La hija de puta de la vida se encargó de separarnos de entrada y nos juntó de casualidad… Vamos a arreglar lo que vino mal hecho.

—¿Y los compromisos de después?

—Solamente vos y yo vamos a saber que estamos casados.   Y no nos vamos a ver más. Creo que es el casamiento perfecto.

Era, nomás, el casamiento perfecto. Un compromiso más con uno mismo que con otro. Una forma de no llegar a odiarse nunca. Fuimos a la iglesia de Atlántida y en el fondo, mientras un cura joven, onda iglesia de la liberación, daba la misa, nos juramos amor eterno y nos pusimos unos anillos de plástico de los Power Rangers. Nos besamos y, cuando llegamos a la casa, cogimos por última vez. Mientras cogíamos, ella repetía llorando, casi gritando: «Muerte, muerte, muerte». Por primera —y última— vez en mi vida lloré delante de una mujer que no fuera mi madre. Sabía que eso que estábamos haciendo era «hasta que la muerte nos separe». Y sabía, también, que era la muerte.

36

En el bar, Marquitos peló el identikit amorfo. No había dudas de que el milico lo había reconocido.

—Perdiste, Seba. Puso a toda la cana atrás tuyo. No te podemos cubrir. Y si te cubriéramos, nos cagaría la vida el ejército.

—¿Entonces?

—Entonces lo tendrías que haber matado, gil de miga. En el pecho se la tendrías que haber dado. Si lo matabas y no te llevabas nada les echábamos la culpa a los tupas y zafábamos.

El Negro Marquitos usaba el plural solo para consolar al Seba. No quería cagarlo, pero sabía que no quedaba otra.

—Bueno, vieja... ¿Me vas a llevar ahora?

—No sé... ¿qué querés hacer?

—Dejame terminar con la historia de la mina... Vamo y vamo y dejamos afuera al Doctor Muerte.

—¿Te parece?

—Más bien... El gil se enganchó con la sucia... Está de la mente.

—Te aguanto veinticuatro horas... Nada más.

—Bien, en veinticuatro horas está arreglado. Hoy llamo al veterano y mañana estás contando la guita.

—¿Dónde vas a guardar la tuya?

—En Santiago Vázquez. Abajo del colchón.

—No me vas a decir.

—Soy un paloma para andar diciéndote dónde voy a guardarla... ¿Cuánto me van a dar?

—Te van a cagar la vida, Seba. El fierro era el mismo que el que mató al tipo de la fiesta. Sos un tarado vos también... Así que tenés rapiña, hurto, lesiones y homicidio... Dobladita te la vas a comer... Vas a salir cuando tengas la edad de tu abuelo... de tu bisabuelo, capaz.

—¿Las salidas de fines de semana?

—Cuando se enteren de la cantidad de guita que transaste con el viejo de la mina te van a dejar salir fines de semana, feriados, cumpleaños de personalidades importantes y aniversario de la independencia de Albania... Eso sí, tenés que ser generoso con la mano que te va a alimentar... —¿Tengo hasta mañana entonces?

—Hasta mañana. No voy a venir yo... Va a venir la policía montada de Canadá... No te asustes y te mandes la de O. J. Simpson.

—¿Y si me entrego yo?

—Es lo mismo... Los primeros días te van a cagar a palos de todos modos... Dame un saque para el camino.

Se dieron la mano cruzada, como un código algo viejo, de los años 80, para demostrarse que eran buenos tipos, y en el apretón el Seba le pasó el paquete de merca. Eran como tres gramos, y mientras se los pasaba el Seba se prometía que no iba a tomar más hasta el día que saliera de Santiago Vázquez.

37

Ni que hubiéramos sincronizado los relojes. Apenas terminamos nuestro primer y único polvo matrimonial, el Seba entró a la casa. La primera vez en años que no lo veía zarpado. Limpito, bien vestido; parecía otra persona.

—Bueno, nena. Te vas esta noche. Ya está todo arreglado con tu viejo.

Nos dedicamos entonces al peor momento de toda vacación: dejar la casa arreglada. ¿Viste al final de las vacaciones, cuando tenés que lavar todos los platos, airear todos los colchones, doblar todas las sábanas, poner las sillas arriba de la mesa, sacar los almohadones de la hamaca y guardarlos en el galpón del fondo, cortar la luz, cortar el agua, ver dos o tres veces si cerraste todo, si está todo acomodado? ¿Viste que todo lo que descansaste desaparece como por arte de magia y quedás más cansado que el primer día? ¿Viste que toda la depresión por el regreso se acumula ahí, y te amarga para el resto del año? Bueno, este era el momento. Sumale a eso la certeza de que no nos íbamos a ver más con Demonio y que el Seba seguía recaliente con nosotros y no nos hablaba. En definitiva; la peor onda que te puedas imaginar.

En un momento, mientras mi señora esposa lavaba platos, me llevé al Seba para afuera.

—Fuiste vos, ¿no?

—No sé de qué me hablás —me dijo el caretón.

—Dale, Seba... fuiste vos el que se la dio al milico, ¿no?

—Te voy a contar una anécdota que siempre contaba Verdaguer...

—Verdaguer las pelotas, Seba... ¿somos amigos o somos mierda?

Siempre que nos queríamos reconciliar nos decíamos eso. Somos amigos o somos mierda. Siempre nos semisonreíamos y siempre aflojábamos. Con esa sola frase se nos pasaba automáticamente la calentura, por peor que hubiera sido la pelea.

—Somos mierda, vieja... Mierda mierda —contestó el Seba, aflojando pero triste—. No había nadie que me dijera mierda mierda antes de subir a la casa del milico hijo de puta... Nadie. El Chole en cana, vos acá con esta brisca...

—Yo estaba acá porque me trajiste vos, sorete... Vos me dejaste afuera de la historia.

—Ya estabas por fuera de todo, mamá... Estabas muerto con esta puta... Te olvidaste quién es, te la transaste, te cagó la vida y ahora se va... ¿No entendés que la amistad es más importante que las minas? ¿Que las mujeres pasan y los amigos quedan? Vos no aprendes más, Marcelo.

No supe qué contestarle. El Seba nunca hablaba así, con frases de tarjeta de Navidad. Lo conozco desde hace más de diez años y nunca, nunca, había pronunciado la palabra «amistad». Y eso que habíamos vivido cosas juntos, pero nunca había dicho que era amigo de alguien.

—Esa puta nos cagó la vida... Vos habías dicho que nunca te ibas a enamorar y te enamoraste... Yo había dicho que no iba a volver a escalar y ya me ves... Los dos habíamos quedado en no dejar que el Chole se fuera al carajo solo… Y vino esta nena rica y nos cagó. Mañana a esta hora me van a estar cogiendo en la cana. Vos vas a estar solo como un perro, tirado en la cama esperando que te baje la merca. Y esta mina va a estar abrazándose con el papá millonario diciéndole «papito cómo te quiero papito cómo te extrañé». ¿Cazás la onda, gil? No está triste por vos. Está triste porque se terminaron las vacaciones y tiene que volver a clase. Está triste porque tiene un millón menos de herencia.

—¿De qué hablan? —Ella apareció en silencio, por atrás nuestro, mojada por el agua con que había lavado los platos.

Apareció como una esposa intentando conocer uno de los sucios secretitos privados del dorima. Esa imagen de cotidianeidad me dio un asco espantoso. La primera regla de la buena esposa es no interrumpir las conversaciones del marido con sus amigos.

38

SUPERHÉROES DEL BABY FÚTBOL

En la foto están todos orgullosos. Le habían ganado, de casualidad, al Río Negro, el cuadro de los Lasarte. Las camisetas naranja estaban llenas de barro. El cuadro se llamaba Médanos, y a nadie se le había pasado por la cabeza cambiarle el nombre cuando le pusieron Barrios Amorín a la calle. Todos tienen la mirada feliz del que ignora lo que le va a pasar. No pasaron veinte años desde aquella foto. Pero casi todos aquellos felices guerreros invencibles, ya, tienen la vida arruinada.

Parados:

EL PADRE DEL PÍLDORA. *Era el director técnico. Pasó siete años en Santiago Vázquez por venderles droga a los mismos que, de niños, aceptaban sus indicaciones técnicas y solo por lo bajo se enojaban si los ponía de suplentes.*

MARCELO. *Aunque había llorado mucho cuando se cayó, en el momento de la foto se puso serio, exhibiendo con orgullo la herida de guerra, la rodilla lastimada.*

CHOLE. *Es el único que, en la foto, está riéndose. Ahora, en la cárcel, dicen que entró en una banda que se tatúan un pepino en el brazo y son los encargados de la distribución de la merca. Dicen, también, pero nadie lo confirmó, que en la cárcel se hizo puto y es el preferido de uno de los guardias.*
Dicen que por eso siempre tiene cocaína.

EL SUÑE. *Era el golero. Lo mató la cana que lo encontró afanando en el local de Sony, en la calle Constituyente.*

Agachados:

EL CHIROLA RODRÍGUEZ. *Ahora trabaja en la Intendencia. Se casó dos veces, tiene tres pibes y la guita no le alcanza para nada, la primera esposa le saca más de la mitad del sueldo. Vive amargado y como los giles, pero nunca, por más que lo invitaran, quiso No era del barrio pero estaba en el cuadro porque era el goleador salir a robar.*

EL HIJO DE DE NEGRI. *Estudió veterinaria dos o tres años, lo agarraron transando dos o tres veces pero De Negri arregló la salida. Ahora vende falopa en un escritorio de la empresa del padre, y gana casi tanta guita como el viejo, que alguna inversión hizo a la historia.*

PETO. *Laburaba de disc jockey en un lugar de striptease. Una noche se pasó de merca y el Puto Ruben, el public relations del local, lo dejó tirado en plena calle. Lo agarró la neca y lo llevó a la guardia del Maciel. De ahí directo a uno de esos programas de desintoxicación, onda Renacer o Enggelmeyer, que te sacan toda la falopa del cuerpo pero también te lavan la cabeza. Ahora lo podés ver, anda por la calle todo el día como un zombi, parece un Hare Krishna.*

LITO. *Era puntero izquierdo y recontracagonazo. Lo están por echar de MasterCard. No sirve para nada.*

39

Esa noche, fue el Seba el que se cogió a mi esposa. Por el culo, violento. Yo sentía los gritos, como desesperados, de placer y dolor, de ella. Él nada. Ni siquiera respiraba agitado. Ella se durmió enseguida después de acabar. Es una mentirosa, una puta. «El culo es pal marido», me había dicho un día. Y el marido era yo, no el Seba. Yo estaba afuera con un poto, sufriendo un poco. Cuando salió el Seba acomodándose los pantalones, lo convidé y me dijo que no. Quería pedirle algo. Estaba seguro de que también me iba a decir que no. Pero no hay peor gestión que la que no se hace, así que la hice.

—¿La puedo devolver yo?

—Bueno.

El Seba no dejaba de sorprenderme. No había consumido ninguna droga, lo iban a llevar en cana en unas horas y, sin embargo, parecía estar en su mejor momento. No peleaba, hablaba, cogía. Una persona normal, digamos. Ese día, el último que tenía libre, se apuró haciendo todo lo que decía que no le gustaba hacer. Mientras me daba las instrucciones miraba las estrellas.

—La guita va a estar en un bolso en la estación de trenes de Yatay. Yo me quedo acá, ustedes se van en el auto. A esta la dejás en la estación, agarrás el bolso y dejás el auto en el viaducto con las llaves puestas. Te tomás el 4 como si vinieras de hacer gimnasia en M&F. Volvete a lo de la Alemana. Yo ya no voy a estar, pero dale la mitad de la guita a ella. Y andate rápido del barrio, que no te vea el Negro Marquitos que lo voy a cagar.

No me dijo nada más. Nos quedamos en la hamaca hasta el amanecer. Apenas salió el sol, a eso de las cinco de la mañana, el Seba se paró, hizo café, despertó a Demonio y le dijo: «Hora de irse». No dejó que se lavara el culo ni la cara. Me dio un beso de despedida. Cuando ella lo fue a saludar, la mandó a la mierda.

Yo no quería hablar, pero ella sí. No se bancaba los silencios. Este silencio.

—¿En serio no nos vamos a ver más?

»¿Y si nos escapamos con la guita?

»¿Y si quedamos en encontrarnos en este lugar dentro de un mes?

»¿Y si cogemos por última vez?

»¿No es alucinante estar casados?

»¿Por qué no vino el Seba?

»Marcelo, te quiero dar esto —me dijo poco antes de llegar, y peló una especie de diario íntimo.

Nunca voy a saber con quién me casé: si con la mina que se deja llevar de una fiesta, la que encara becerro, la que vende droga sin chistar, la que se tiñe el pelo para que no la reconozcan, o si la del anillo es la pendeja que escribe un diario íntimo.

—Leelo después, solo, para que sepas cómo me sentí contigo todo este tiempo.

Agarré el cuaderno sin mirarlo, lo tiré al asiento de atrás del auto y no le dije nada. Nunca voy a poder entender a las minas.

Cuando llegamos a Yatay, le dije que se bajara y mirara si había alguien. Nadie, era obvio. El viejo Milniski no iba a arriesgar la vida de la nena. El bolso apareció donde tenía que aparecer. Lleno de dólares.

—Bueno, nena. Acá nos despedimos. Hasta que la muerte nos separe.

Me mostró el anillo de los Power Rangers. Saqué el revólver del Seba, el 38 de la fiesta, el del milico, el que vi en la guantera cuando nos subimos al auto, el que nunca voy a saber si estaba puesto ahí a propósito. Le pegué tres tiros en la cabeza. La sangre voló lejos, pero para el otro lado. Tuve suerte que no manchó el auto, si no tenía que llamar al Wolf de Pulp Fiction. Chau, nena. Hasta que la muerte nos separe. Yo soy hijo único. No soporto los hermanos. Mucho menos los gemelos.

Dejé el auto en el Viaducto. Tomé el 4. Agarraba el bolso como si fuera un tesoro. Era un tesoro. Miré para atrás. No me seguía nadie. Miré el reloj de 8 de Octubre y Centenario. Las once y media, ya. No tenía hambre ni sueño. En el ómnibus, una mina empezó a junarme. Nada mal. Nos seguimos mirando todo el viaje. Cuando pasamos por la iglesia del Cordón se persignó. Bajamos juntos, en Yi. Cuando se agarró del pasamanos vi que tenía una manchita de sudor en la axila, como si no se hubiera bañado antes de salir. Yo tampoco me había bañado. La mina empezó a caminar por Yi para abajo. En Soriano, antes de cruzar, la encaré.

—Contame algo —le dije.

Me miró, se sonrió y contestó:

—¿Vos no tenés nada para contarme?

... y ahora vivo cada día como un pendejo Buenos Muchachos